Un Cuento de Enfermera

Por

Louisa May Alcott

I
MI PACIENTE

Mi querida señorita Snow, al enterarme de que mi amiga, la señora Carruth, necesita de una enfermera para su hija enferma, me apresuro a proponerle el puesto, ya que pienso que es usted la persona idónea para él, a menos que las tareas resulten demasiado arduas. No me cabe duda de que sus cartas de recomendación y mi sincero respaldo le garantizarán la colocación, si usted lo desea. Partimos mañana, y le escribo con gran apremio, pero le deseo éxito de cara al futuro y le agradezco sinceramente sus servicios pasados.

Atentamente,

L. S. Hamilton

Esta amable carta, de una antigua empleadora, me fue entregada estando yo agotada y desanimada, tras una búsqueda infructuosa de un puesto como el que hora me ofrecían. Estaba tan interesada que me apresuré a salir de nuevo, con la esperanza de que nadie se me anticipara con los Carruth. Hecha de un imponente bloque de granito, la casa se levantaba en una tranquila plaza del West End que tenía su propio pequeño parque, donde había una fuentecita y donde los niños paseaban bajo sus capuchas blancas. Elegantes carruajes entraban y salían, las damas subían y bajaban con ligereza por los amplios escalones arrastrando sus vestidos de seda, y los caballeros, con sus trajes de montar intachables, pasaban a medio galope sobre sus hermosos caballos. Incluso las mujeres y los hombres de servicio tenían aspecto de que La buena vida bajo las escaleras hubiese sido representada en este siglo, al igual que en el pasado, y todo participaba del aire de lujo que impregnaba el ambiente, tan agradable como el sol en otoño. «Los Carruth deben de ser una familia feliz», pensé al acordarme de mi propia pobreza y soledad, mientras esperaba de pie a que contestaran a mi tímida llamada al timbre.

Un arrogante sirviente me dejó pasar y, tras conocer el objeto de mi visita, me llevó a una antesala hasta que su señora estuviera libre. A través de la puerta entreabierta podía ver la sala de estar, donde varias damas estaban sentadas y hablaban.

Ansiosa por ver la clase de persona con la que iba a encontrarme, observé con mucho interés a la única dama del grupo que no llevaba sombrero. La señora Carruth era una mujer hermosa, a pesar de sus cincuenta años, pues su pelo todavía era castaño oscuro, tenía los dientes perfectos, los ojos llenos de luz y se comportaba con una dignidad que revelaba un gran orgullo natural a la vez que elegancia.

Era obvio que sabía cómo entretener a las invitadas, pues sus rostros indiferentes se iluminaban y a menudo se oían risas después de sus animadas palabras.

«Parece una mujer moderna y desenfadada, a pesar de tener a una hija enferma», me dije mientras la observaba. Cinco minutos después, cambié de opinión cuando, tras despedirse de la última de las invitadas y quedarse a solas, me pareció otra criatura. Toda la animación se borró de su rostro y lo dejó pálido y cansado. El comportamiento majestuoso de hacía un momento cambió, se dejó caer en un asiento, como si su alma y su cuerpo estuviesen agotados. Tan solo se quedó así un instante; los pasos del sirviente que se acercaba la hicieron volver en sí y mostrar un aire de perfecta compostura mientras escuchaba anunciar al hombre que «una joven espera para verla».

Le expliqué brevemente la razón de mi visita, le presenté mis credenciales y, mientras ella las examinaba, la observé con interés redoblado pues, habiéndola vislumbrado por un momento sin su máscara, la fría tranquilidad que ahora mostraba ya no podía engañarme. Leo los rostros con rapidez, y el suyo era el más trágico que jamás he visto. Esos ojos tan inquietos, esas arrugas de melancolía alrededor de la boca, ese tono desesperado bajo su firme voz y una indescriptible expresión de tristeza insuperable... todo ello demostraba que la vida le había traído una pesada cruz, de la que su fortuna no podía librarla y para la que su orgullo no podía encontrar una protección eficaz.

—Parece que es usted inglesa; ¿tiene amigos en este país?

La señora Carruth habló de repente, y me dirigió una intensa mirada. Le devolví otra igual de intensa y le respondí tranquilamente:

—Ninguno, ahora que la señora Hamilton se marcha y no tengo familiares cercanos al otro lado del océano. Soy huérfana, dependo de mí misma y, a pesar de ser hija de un caballero, mi orgullo no me impide ganarme el pan con cualquier trabajo honrado.

Algo en mi aspecto o mi manera de hablar pareció agradarle; se acercó un poco más y su tono se volvió más suave cuando, al devolverme las cartas, me dijo:

—Son muy satisfactorias, señorita Snow, pero antes de seguir, creo que debo decirle lo que la señora Hamilton tan delicadamente ha evitado mencionar en su nota. La enfermedad de mi hija no es física, sino mental.

A medida que la última frase salía de sus labios a regañadientes, vi cómo las manos blancas que descansaban en su regazo se estrechaban lentamente con fuerza y delataban lo mucho que a la madre le costaba confiarle la dolencia de su hija a una extraña. Las palabras, el gesto y la expresión que la acompañaban hicieron que mis ojos se llenaran de lágrimas, y mi rostro involuntariamente expresó la compasión que yo no supe disimular. La mirada de la señora Carruth se suavizó aún más, y casi se volvió nostálgica cuando dijo:

—Tengo entendido por la señora Hamilton que usted ya tiene alguna experiencia en el cuidado de dementes, y que tiene cierto poder sobre ellos. Parece usted joven para una profesión tan triste; ¿desea usted continuar con esta clase de cuidados?

—Tengo treinta años y, aunque la profesión sea sin duda triste, me gusta más que ser institutriz o dama de compañía; y el hecho mismo de que tenga cualidades para ello hace que quiera dar lo mejor de mí a aquellos que necesitan de toda la ayuda y el cariño que sus semejantes puedan ofrecerles.

Un prolongado suspiro de alivio escapó de sus labios y, bajando la voz, dijo con un aire de confianza que me fue muy grato:

—Varias personas han solicitado el puesto, pero ninguna me ha parecido la indicada. Creo que usted sí lo será, y espero que los cuidados no sean demasiado para usted. No le cedería a nadie esta tarea si pudiera hacerla yo misma, pero, como ocurre con frecuencia, mi pobre niña rechaza con más fuerza a aquellos que una vez fueron los más queridos para ella, y no deja que me acerque. Por tanto, debo ver mi puesto ocupado por una extraña, aunque me rompa el corazón ser apartada así de ella.

Hizo una pausa, luego añadió apresuradamente, como si me hubiera leído el pensamiento:

—Tal vez usted se pregunte por qué no enviamos a esta desafortunada chica fuera de casa. Sencillamente, porque no confío en nadie para que la cuide, ni quiero perder el triste placer de protegerla y hacer lo poco que pueda por ella. Ahora, déjeme que le hable de ella. Lleva enferma un año, pero los violentos ataques se producen a intervalos; el resto del tiempo, es casi ella misma de nuevo, y solo necesita la atención y las distracciones que cualquier persona compasiva e inteligente pueda darle. La vieja enfermera, que lleva conmigo muchos años, está agotada y debe descansar, Elinor no permite que ninguna de las mujeres que ahora están conmigo se le acerque, así que hemos decidido probar con una compañera joven. Hay a mano personas con experiencia para cuidar de ella durante sus frenéticos paroxismos, así que todo lo que le pido es que la entretenga y se ocupe de ella en sus días de más lucidez. ¿Hará usted esto?

—Con mucho gusto, si puedo —le respondí con entusiasmo.

—Gracias. No tengo dudas de que tendrá usted éxito, a menos que ella le coja aversión. La señora Hamilton me habló de sus muchas aptitudes y su habilidad para usarlas. Le dejo a su juicio todo lo referente a las distracciones y ocupaciones para Elinor. Es deseable que duerma tanto como le sea posible, las conversaciones han de ser insulsas, y las tareas, tranquilas. Anda recuperándose de un reciente ataque y está de muy mal humor, pero ya no se muestra violenta. Durante los próximos meses irá mejorando gradualmente hasta que se produzca otra recaída; por tanto, no debe usted temer nada por ahora.

—Nunca temo a aquellos a los que amo, y aprendo pronto a amar a aquellos a los que compadezco.

—Entonces amará usted a mi pobre hija, pues despertará la mayor de sus compasiones. Pero déjeme aclararle un punto, para su entera satisfacción. No hay dinero que pueda pagar estos servicios, diga una cantidad y gustosamente la aceptaré, y de buen grado la aumentaré si las tareas resultan más difíciles de lo que usted esperaba.

—No soy una persona que se mueva por dinero; solo quiero un hogar y una pequeña cantidad para no depender de la caridad ajena. Permítame probar una semana antes de cerrar esta cuestión. Puedo empezar enseguida, si usted lo desea, y lo haré lo mejor que pueda.

Sé que mis maneras y mi sinceridad le agradaron; tomó mi mano y la apretó con un gesto impulsivo mientras se levantaba y me conducía a su cuarto diciendo:

—Vamos, entonces, y dejemos que Elinor vea ese alegre rostro suyo. Lo único que temo es que encuentre esta vida aburrida y pierda usted su buen ánimo y viveza. Mi hija no puede salir y no ve a ninguno de sus antiguos amigos, así que estará usted prisionera la mayor parte del tiempo. ¿Podrá soportarlo?

—Creo que sí, si puedo salir a tomar el aire una vez al día y descansar por las noches. Soy fuerte y me encuentro bien, nunca conocí el desánimo, aunque a veces he tenido buenos motivos para ello.

—Tiene usted un alma feliz, ¡la envidio!

Me estaba yo quitando el sombrero y la capa mientras hablaba, y ella me estaba observando hasta que, con aquella exclamación, se giró y caminó a lo largo de la habitación con paso rápido como si algún recuerdo amargo o preocupación la atormentaran. Se detuvo frente a un tocador que tenía unas elegantes bagatelas esparcidas por encima y, apartándolas sin cuidado con una mano, seleccionó tres llaves y se acercó a mí.

—Estas son la llave del invernadero, que ahora mismo es su único lugar de ejercicio; la de la biblioteca, donde solía disfrutar; y la de los armarios donde está su ropa. Cuando se encuentra peor destroza y daña las cosas, pero ahora puede moverse libremente. El invernadero es sagrado para ella; puede usted seleccionar los libros como mejor considere; los adornos y vestidos con los que ella juega parece que le encantan por sus vínculos con el pasado. El piano acaba de ser afinado, y es su mayor consuelo, cuando está lo suficiente bien para tocarlo.

Puso las llaves en mi mano y me condujo escaleras arriba y a través de habitaciones cuya amplia elegancia cautivaron mis ojos y ofrecieron promesas de lujosos aposentos a la pobre acompañante que era yo cuando dejé mi sucio rincón en una casa de huéspedes barata. La señora Carruth abrió una puerta que conducía a un ala remota y me mostró un apartamento que parecía un perfecto nido de comodidad, y me dijo que era mío. Continuando a través de una galería y una antesala, donde dos mujeres de edad mediana y con aspecto de encargadas estaban sentadas trabajando, ella se detuvo en el umbral de una puerta que no se atrevía a cruzar y, con una mirada que nunca olvidaré, dijo con solemnidad:

—Señorita Snow, en esta casa verá usted muchas cosas que le oprimirán el corazón y requerirán su paciencia y compasión; no necesito insistirle en que guarde silencio respecto a las obligaciones que le encomendamos, ni ofrecerle soborno alguno por su lealtad; dejemos que el ruego de una triste madre se gane su tierna compañía para una hija muy desdichada.

—Puede usted confiar en mí, señora, esas aflicciones son sagradas para mí.

No dije más, pero ella quedó satisfecha y, con un temblor en la voz, una mirada de anhelo en su orgulloso rostro, señaló la puerta y susurró:

—No puedo ir más lejos. Trátela como si no pasara nada y sígale la corriente en sus inofensivos caprichos. Si está tranquila, entreténgase hasta que ella hable, y si la confunde o alarma algo, toque el timbre: estas mujeres están aquí para responder a él. Vaya usted, querida, pero déjeme verla antes de que se marche.

Con una pequeña palpitación en el corazón, no de miedo, sino de expectación, entré y miré a mi alrededor. A primera vista, la habitación parecía un boudoir amueblado de manera exquisita y muy atractivo para la hija de un hombre rico, pero una segunda ojeada revelaba muchas huellas de las frenéticas escenas que se habían producido allí. Las ventanas tenían ricos cortinajes, pero los barrotes de hierro proyectaban su sombra sobre el suelo iluminado por el sol. Un gran espejo estaba desfigurado por varias fisuras, feas manchas habían echado a perder la alfombra con flores, había juguetes rotos desperdigados y sobre los muebles de palisandro y mármol se veían las marcas de manos temerarias. Todas las puertas estaban cerradas con llave, salvo la que yo había usado para entrar, la chimenea estaba protegida por una pantalla metálica y varios armarios estaban cerrados. Tan solo el piano estaba abierto, y a su alrededor había por el suelo partituras rotas. Sobre un sofá, en la esquina más oscura, estaba lo más patético de aquella hermosa y, sin embargo, triste habitación: una chica alta y perfectamente desarrollada, al igual que su atractiva madre; no costaba imaginar que aquella visión fuera una angustia diaria para la madre. Muy pálida, pero no agotada por un año de sufrimiento, aquel atractivo físico de ella solo hacía que la enfermedad mental resultara más triste y llamativa. Sobre los fuertes brazos blancos, cruzados por debajo de la cabeza, aparecían oscuros moretones —sin duda infligidos por sí misma— y le colgaba una gran cantidad de cabello rizado y rojizo, enmarañado y descuidado; tenía los labios cerrados y unos párpados caídos por el cansancio escondían a medias los ojos más extraños que jamás he visto. De un color avellana claro, parecían casi de un amarillo leonado, como los ojos de un tigre; tenían una expresión infinitamente salvaje y triste, pero un ligero ruido de mi vestido al avanzar los alteró; al instante los ojos se abrieron por completo, oscureciéndose y dilatándose hasta volverse oscuros y fieros, mientras los fijaba sobre mí con una mirada que me hizo estremecer por un instante, pero no habló ni se movió así que, recordando las últimas palabras de su madre, simplemente me incliné y le dije tranquilamente:

—Buenos días, señorita Carruth. He venido a sentarme un rato con usted. No la molestaré si se disponía a dormir —pasé junto a ella, me senté al lado de la ventana y empecé a hojear varios libros que había tirados cerca.

Siguió un largo silencio, durante el cual pasé con calma las páginas como si estuviera absorta en la historia, si bien no leí ni una sola palabra, pues la consciencia de que aquellos ojos salvajes me observaban me afectaba singularmente.

Inmediatamente, como si estuviera satisfecha con el escrutinio de mi rostro, y ansiosa por oír mi voz de nuevo, dijo, con el intenso y monocorde tono propio de los dementes:

—¿Cuál es el nombre de mi nueva cuidadora?

—El nombre de su nueva acompañante y amiga, si usted le permite que lo sea, es Kate Snow.

Al ver que deseaba hablar, dejé el libro en el suelo y me giré hacia ella, como si estuviese lista para que me preguntara. Ella estaba echada, apoyada sobre su codo, y seguía mirándome, pero la feroz mirada se había trocado en una mezcla de duda y curiosidad. Con la libertad de alguien para quien las formas y las ceremonias han dejado de existir, miró y habló sin importarle la cortesía o el propio control.

—¿Por qué ha venido? ¿No tenía otra cosa que hacer que encerrarse en una prisión con una criatura tan miserable como yo?

—Podría haber hecho muchas otras cosas, pero preferí esta, ya que me gusta cuidar a los enfermos, porque resulta que tengo el poder de reconfortarlos, y eso es algo muy agradable, como puede usted suponer.

—Ojalá pudiera hacer eso por mí; pero yo soy un caso perdido… Un caso perdido.

De repente se levantó y empezó a caminar de un lado a otro con paso rápido, como si quisiera escapar de alguna idea desesperada. Fue de aquí para allá, como una criatura salvaje en su celda; seguía mirándome de manera furtiva y en más de una ocasión hizo una pausa antes de girarse bruscamente y alejarse para empezar de nuevo a caminar de una pared a otra sin descanso. Cogí un pequeño bordado que había en un cesto volcado, con la esperanza de tranquilizarla y dirigir su atención hacia mí, y empecé a examinarlo. Elinor se detuvo al instante, me miró un momento, luego se acercó y dijo con cierto aire arrogante:

—No toque eso, está hecho una maraña y usted lo estropeará más.

—Ya veo, pero creo que puedo desenredarlo y luego usted puede acabarlo, ya que es demasiado bonito para que se eche a perder. Puede que luego le guste trabajar en él, y yo le leeré algo en voz alta. Deseo que podamos pasar juntas ratos agradables, señorita Carruth.

Le hablé en un tono alegre, exactamente igual que si me estuviera dirigiendo a una persona sana, pues la experiencia me había enseñado que la manera más segura de tranquilizar a los maníacos era aparentar no ser consciente de su locura y dar por hecho que se comportan con propiedad. Les ayudaba a aumentar su propio control y, normalmente, ganaban en obediencia, al apelar a una de las motivaciones más fuertes que poseemos: el deseo de la buena opinión de los demás. Elinor pareció sorprenderse al principio, luego preocupada, y dijo apresuradamente:

—Sabe usted lo que me pasa, ¿no? ¿No le han dicho la horrible vida que llevo desde hace un año? Me trata usted como si fuera una enferma común.

—Sé todo lo del pasado, pero eso ya pasó, para nunca volver, espero. Olvídelo y hagamos feliz el presente, si podemos.

—¡Olvidarlo! ¿Cómo? Cuando sé que este horror volverá una y otra vez a perseguirme hasta que me muera… ¿Cómo puedo ser feliz con lo que me depara el futuro y los recordatorios de mi miseria constantemente ante mí?

Echó una mirada desesperada a la habitación y extendió sus heridos brazos con un gesto patético que me llegó al corazón e hizo que me temblara la voz cuando cogí sus manos entre las mías y le dije con ternura:

—Todo es posible con la ayuda de Dios; tenga esperanza y espere; espere y Él la ayudará a su debido tiempo. Mientras tanto deje que yo haga cuanto pueda por usted, y por hacer que su vida sea más feliz.

Creo que mi rostro y mis gestos le llegaron más que mis palabras, pues la compasión humana encuentra mejores intérpretes que las palabras. Ella lo sintió así, cedió y, cayendo sobre sus rodillas, se aferró a mí con la fuerza de un alma desesperada que por fin ha encontrado un apoyo, gritando apasionadamente:

—Sí, ayúdeme, ámeme, sálveme si puede; ninguna afligida criatura en el mundo la necesita tanto como yo a usted.

La abracé rápidamente y dejé que mis lágrimas corrieran libremente, con la esperanza de que ella también llorase y le bajase el frenesí. No lo hizo, pero mis lágrimas consolaron su pobre corazón, pues le confirmaron mi sinceridad y la calmaron con el bálsamo de la compasión. Enseguida levantó la mirada, sin lágrimas, pero más calmada y con una expresión dulce; bajó mi rostro y me besó.

—Es usted muy amable, gracias. Intentaré demostrarle mi gratitud siendo tranquila y obediente. No llore usted por mí, querida; yo no puedo, y me da pena verla hacerlo. Ojalá pudiera creer que hay alguna esperanza. ¿Cree usted realmente que con el tiempo podré ponerme bien?

Ahora hablaba y miraba como una niña pequeña, y me observaba con tristeza, todavía de rodillas junto a mí, con mi brazo alrededor de ella.

—Así es. Es joven y tiene un cuerpo sano para ayudarla. Una gran parte depende de sí misma, y si trata de mantener su mente tranquila y feliz, creo que podrá ponerse bien, pues he visto casos peores que se han curado por completo.

Ella negó con la cabeza y murmuró en voz alta, como para sí misma, mientras la antigua tristeza volvía a caer sobre su rostro.

—¿Qué puede ser peor que lo mío, si puede saberse…? Los pecados de los padres recaerán sobre los hijos, y ellos deben pagar el castigo.

Las palabras de la hija recordaban el triste semblante de la madre y me confirmaron que aquel lujoso hogar estaba ensombrecido por alguna tragedia familiar oculta al mundo. Aquello solo me hizo sentir más lástima por la pobre chica, y estaba tratando de pensar en alguna ocupación divertida para ella cuando una de las mujeres entró con una bandeja en la mano.

—La señorita debe comer algo ahora, ya que no se tomó el desayuno. Tal vez usted pueda persuadirla de ello. El doctor dice que hoy puede tomar vino, y la sopa está buenísima.

Las formas de la mujer eran muy respetuosas, pero su tono era duro, su mirada fría y, según hablaba, probó la sopa e hizo un sonido con los labios que habría acabado por quitarle el apetito a un enfermo delicado. Cuando estaba volviendo a colocar la cuchara en el cuenco, la detuve y le dije amablemente:

—Una limpia, por favor. La señorita Carruth prefiere no usar esta ahora.

—Vaya por Dios, qué exigente —dijo y, encogiéndose de hombros, Hannah fue a buscar otra cuchara.

Fue una nimiedad, pero tuvo su efecto, ya que Elinor, que se había vuelto a echar sobre el sofá de mal humor y observaba a la mujer con el ceño fruncido, se giró hacia mí con una sonrisa y dijo de un modo lastimero:

—¡Oh!, me trata usted como a una dama, a pesar de que soy una pobre criatura medio loca, y ellas creen que da igual lo que digan o hagan, pero yo sí noto la diferencia, y me tomaré la cena para complacerla a usted, señorita Snow.

Como si estuviera deseosa por demostrar que no había olvidado las maneras de una dama, se levantó mientras hablaba y comenzó a recogerse el pelo y a alisarse el chal blanco en el que estaba envuelta, preparándose apresuradamente para esa solitaria cena, como solía hacer en las fiestas religiosas antes de que comenzara su triste calvario. Impaciente por animarla, dispuse la sopa y el vino sobre la mesa ovalada, acerqué un sillón a ella y abrí la puerta del invernadero para alcanzar un ramillete de flores con el que llenar un florero vacío que tenía frente a ella. Hannah se quedó mirando todo aquello cuando regresó, pero no hizo ningún comentario. Tan solo preguntó secamente:

—¿Tomará usted el almuerzo en la habitación de al lado mientras yo echo un ojo aquí, señorita Snow?

—Lo tomaré con la señorita Elinor, si ella me lo permite; creo que si sus comidas fueran más sociales disfrutaría de ellas y tendría mejor apetito.

—Gracias; será muy agradable. Es muy deprimente comer sola día tras día y no ver nunca a nadie salvo a estas mujeres y al doctor. Es usted una buena enfermera, Kate.

Parecía bastante cuerda y tranquila mientras esperaba de pie a que trajeran mi bandeja. Era conmovedor ver lo mucho que se esforzaba por tratar de controlar sus divagaciones y cómo hacía los honores de la mesa.

Yo tenía mucha hambre, de modo que comí con entusiasmo mientras hablaba sobre varios temas alegres; mi buen apetito pareció aumentar el suyo, y la compañía le dio un cierto placer a la comida que hasta entonces le había resultado algo muy desagradable. Apenas dijo nada, pero sonrió varias veces, y se rio en una ocasión con una amable broma mía. Aquel sonido no parecía habitual, pues hizo que Hannah se acercara a la puerta con aspecto sorprendido y nervioso. Elinor frunció el ceño y le gritó bruscamente:

—Márchate…, y déjanos en paz. La señorita Snow puede cuidar de mí mejor que una docena como tú y Jane.

La mujer asintió con la cabeza y se marchó. Elinor trató de ocultar su nerviosismo con un aire de tranquilidad, y yo seguí charlando muy contenta por mi éxito, hasta que una palabra desafortunada deshizo todo el trabajo hecho. Cuando dejó de comer, eché mi silla hacia atrás y le dije rápidamente, ya tuteándola:

—Vayamos a dar un paseo por el invernadero, el ejercicio te vendrá bien y tu madre dice que te gusta estar allí.

Según las palabras salían de mi boca, Elinor se levantó de un salto con una violencia que volcó la mesa, y yo me puse de pie.

—¡Mi madre! —repitió con fiereza—. ¿Cómo se atreve a hablar de ella cuando lo he prohibido? No puedo oír el sonido de su nombre, pues ella es la causa de todo mi sufrimiento. ¡Oh! ¿Por qué lo ha hecho?… ¿Por qué lo ha hecho? —Y, dejándose caer en la silla, se cubrió la cara con un gesto más patético que las lágrimas.

Conmocionada por el efecto de mi momentánea negligencia, no me atreví a hablar. Recogí tranquilamente los cristales y la vajilla rota, me los llevé y volví a colocar la mesa. Puse encima unos libros y empecé a ojearlos con la esperanza de borrar el recuerdo de mi error con alguna tarea agradable en caso de que ella levantara la vista. Pero ella no se movió y, al mirar a mi alrededor en busca de algún medio seguro para estimularla, mi mirada fue a caer sobre el piano. Había un fragmento de la Sonata patética, de Beethoven, sobre el atril; me la sabía entera, así que me senté y empecé a tocarla bajito, observando con frecuencia la figura inmóvil de la butaca. Fue lo más inteligente que podía haber hecho, ya que unas lágrimas le empezaron a brotar, al principio compulsivamente, pero enseguida el llanto se fue calmando, aliviando a la agotada mente y refrescando su triste corazón como ningún otro consuelo en forma de palabras habría hecho.

Contenta de haber provocado este cambio favorable, seguí tocando hasta que sus lágrimas se secaron y pareció quedarse dormida con la cabeza apoyada sobre el brazo almohadillado de la butaca. Entonces me detuve, pero, en cuanto me moví, sus ojos se abrieron; no como antes, sino con una mirada tranquila que mostraban el bien que le había hecho llorar.

—Pensé que estabas dormida; ¿continúo? —le dije, sin hacer caso a mi anterior descuido y al estallido que lo había seguido.

—No, rara vez duermo; ojalá pudiera. ¿Puedo entrar ahí?, parece tan fresco y tranquilo… —señaló el invernadero y, ofreciéndole mi brazo, la conduje dentro.

Era un lugar solitario, sombreado y tranquilo, con el suave brillo del sol sobre las verdes hojas, el aroma delicado de las flores y el sosegado murmullo de una pequeña fuente en medio de la cual una sirena de mármol estaba echada durmiendo.

Cuando Elinor se detuvo, me senté en el césped que rodeaba el pilón y, atrayéndola junto a mí, puse su cabeza sobre mi regazo mientras le humedecía la frente caliente y le cantaba una evocadora melodía que ya había calmado a más de un espíritu agitado.

Al principio miraba como si estuviese contenta de volver a ver su lugar favorito, pero su mirada siempre regresaba a mí con una silenciosa confianza que me conmovía muchísimo.

Al fin, levantó la mano, golpeó mi mejilla suavemente y dijo cariñosamente y con humildad:

—Es un rostro tan amable y alegre que no puedo apartar mi mirada de él. ¿Le molesta mi falta de cortesía?

—¡Oh, no!, pero desearía que durmieras. ¿Me dejas que lo intente?

—Si puede; deseo olvidar, pero cuando lo intento mis pensamientos me atormentan y no consigo descansar. Un largo y profundo sueño haría más por mí que toda la morfina del mundo.

Sin decir palabra, puse mis manos sobre su frente, la miré a los ojos y me dispuse a la tarea de hacer que durmiera. Antes de lo que pensaba, sus párpados cayeron, las rápidas pulsaciones de sus sienes cesaron, la respiración salía suavemente a través de sus labios y, con un suspiro de maravillosa satisfacción, se dejó llevar hasta un tranquilo sueño. Había intentado antes mis poderes, pero nunca con un éxito tan completo, y, mientras la observaba, con aquella profunda paz que iluminaba su rostro, le di gracias a Dios por el don que poseía. Sentada así, la suave caída de una flor me despertó de mi ensueño y, al levantar la vista para ver desde dónde había caído, vi a la señora Carruth inclinada sobre una pequeña ventana, en lo alto del muro que separaba el invernadero de la casa. Con una mirada interrogadora señaló a su hija, y yo le susurré:

—Sí, está dormida.

—¡Gracias a Dios! Es la primera vez que descansa de manera natural desde hace días. ¿Cómo ha obrado usted el milagro, señorita Snow?

—La hipnoticé, y seguirá durmiendo durante horas a menos que yo la despierte. Tal vez debería haber pedido permiso antes de hacerlo, pero usted no estaba aquí y sabía que no le haría daño —le dije llena de confianza.

—Tenía usted mucha razón. Cualquier cosa con tal de tranquilizarla. Intentamos esto antes, pero no funcionó. ¿Pueden venir sus hermanos a verla? Yo no me atrevo.

—Sí, cualquiera puede venir… No se despertará.

—Dele un beso por mí, y siga igual a como ha empezado.

La voz de la señora Carruth temblaba, y ella se retiró rápidamente como si quisiera esconder un dolor para el que no había cura. Al cabo de un rato, unos pasos sigilosos hicieron que me girara y viera a un joven, vestido de sacerdote católico, que se acercaba hacia mí con los ojos clavados en la durmiente. Como si no hubiera reparado en mi presencia, se quedó de pie mirándola, mientras sus labios se movían sin hacer ruido y sus manos parecían seguir un rosario, como si estuviese rezando por su pobre alma. La apresurada entrada de otro hombre más joven interrumpió sus oraciones y, con una mirada, una grave reverencia y un saludo apenas audible, hizo ademán de retirarse. El recién llegado se parecía tan poco a su hermano en apariencia como en las formas, y, cuando estuvieron de pie juntos un instante, los observé con atención disimulada. El mayor tenía un rostro pálido y ascético, con ojos melancólicos, la boca rígida y expresión absorta de quien ha llevado una vida introspectiva. Su aire frío y tímido, su vestimenta sencilla y la devota expresión recordaban los viejos cuadros de monjes y santos, y cuando oí su nombre me chocó por su idoneidad. La cara del más joven era mucho más atractiva pues, a pesar de las marcas de una mente disipada e inquieta, era guapo e irradiaba fuerza. Los ojos eran sinceros, mostraban una naturaleza ardiente, orgullosa y obstinada pero, aun así, encantadora, a pesar de todos los defectos. Sus modales eran impetuosos como los de un chiquillo, pues con un rápido gesto de la cabeza se arrodilló junto a su hermana y, tomando la mano de la muchacha en la suya, la besó con ternura mientras su pecho subía y bajaba con una emoción ante la que no cedía.

—Mírala, Augustine, tan hermosa, tan tranquila. Qué consuelo verla de nuevo siendo ella misma —susurró mientras la miraba.

—Sí, y, aunque sea pecado, desearía que no volviera a despertarse —contestó el otro en tono lúgubre.

—No digas eso, mientras haya vida, hay esperanza, incluso para la pobre Nell. ¿La ha encontrado usted muy enferma, señorita? —preguntó Harry levantando la vista y mirándome de manera implorante.

—No; está mejor de como esperaba encontrármela, y con cuidados espero que pronto pueda volver a ser ella misma.

—Eso es estupendo; gracias. Debe de estar usted muy cansada; ¿no podemos llevarla al sofá? Si ella duerme demasiado, se desmayará usted de cansancio —dijo en tono amistoso, como si estuviese ansioso por mostrarme su gratitud y ayudarme.

—Será mejor que la movamos; hay humedad aquí. Levántela con cuidado y yo lo seguiré.

Augustine avanzó, y ambos llevaron a la chica dormida a la habitación y la acostaron. Ella soltó un suspiro cuando su cabeza tocó la almohada y su brazo se colgó del cuello de Harry como si hasta en sueños pudiera sentir su cercanía. Él puso su mejilla junto a la de ella por un instante, le echó el pelo hacia atrás y permaneció junto a ella con un cariño hermoso de contemplar. Augustine puso su mano sobre ella como si la bendijese en silencio, me dirigió otra grave reverencia, tomó mi mano y me susurró medio tembloroso con su impetuosa voz:

—Sea amable con esta pobre chica, señorita, y, a cambio, pídame cualquier cosa.

No esperó a escuchar mi respuesta y salió deprisa de la habitación. Pocos minutos más tarde Hannah me trajo una pequeña nota de la señora Carruth.

Mi hijo me ha dicho que Elinor duerme plácidamente, y no se despertará en horas; que usted parece muy cansada y que necesita descansar. Baje y deje que Hannah se quede con ella; ya ha hecho usted suficiente por hoy; déjeme darle las gracias y mandarla a casa para que pueda pasar una noche tranquila antes de empezar mañana con su buena labor.

E. C.

Salí y, tras una larga entrevista con la señora Carruth, en la que le conté lo que había sucedido arriba y recibir algunos consejos sobre lo que me esperaba, Harry me condujo hasta el carruaje y me marché más interesada que nunca en mi paciente.

II

EL PRIMER VÍNCULO

A la mañana siguiente temprano, me presenté en mi nuevo puesto. El sirviente de nuevo me dijo que la señora Carruth estaba ocupada, pero añadió que la señorita Elinor me vería en cuanto yo estuviese lista. Impaciente por saber cómo había pasado la noche, me apresuré a liberarme de lo que llevaba encima, pero tuve que esperar a que subieran mis maletas y, mientras esperaba en el descansillo del segundo piso, de repente me llegó el sonido de unas voces que provenían de una habitación cercana. La conversación era en francés, pero pude distinguir la voz de la señora Carruth que hablaba en un tono implorante a Augustine como si protestase y a Harry, aparentemente, desafiante. La voz de este último se elevaba por encima de las del resto, y pude entender algunas palabras.

—No tienes derecho a pedirnos que prometamos eso, Steele.

—Tal vez no, pero sí tengo el poder de hacerlo.

Nunca había oído nada tan exasperante como esta última voz, fría y sarcástica. Me dejó paralizada, pues era extraña; y cuando me detuve en el primer escalón, oí a Harry exclamar apasionadamente:

—¿No has traído ya suficiente deshonor a esta casa como para que nos obligues a realizar un acto de traición así? Juro que te atormentaré después de que me hayas llevado a que me pegue un tiro o me ahorque.

—No te pongas melodramático, Hal.

Una prolongada risa siguió a estas palabras, y me apresuré a subir las escaleras justo a tiempo de evitar a Harry, quien salió corriendo de la habitación y de la casa como si estuviera desesperado. Aquello me sorprendió muchísimo y me dejó preocupada. Fui a mi cuarto y, mientras me preparaba para ver a Elinor, traté de recordar dónde había oído antes esa voz y esa risa tan peculiares. Estaba segura de que las había oído, pero dónde o cómo era algo que no alcanzaba a recordar y, después de estarle dando vueltas en vano, me di por vencida y pensé que no valía la pena malgastar tiempo en ello. Cuando pasé por la antesala, Hannah dijo, en respuesta a mi saludo:

—Encontrará usted a la señorita Elinor de un humor horrible esta mañana. Será mejor que no intente hipnotizarla de nuevo; no le sienta bien.

Temí haberle hecho daño y me apresuré a entrar. Elinor estaba de pie junto a la ventana abierta, con ambas manos sujetas a los barrotes de hierro, como si anhelara retorcerlos y escapar. Parecía enrojecida y excitada, pero había hecho todo lo posible por estar lista para mí. Tenía su delicado cabello recogido, el vestido cuidadosamente arreglado y la habitación ordenada. Estaba tan enfrascada en algún inquietante pensamiento que no me vio ni me oyó entrar, así que, sentándome en silencio, la observé y esperé. Finalmente, vi desaparecer el ceño fruncido de su frente, perder intensidad en la mirada y cómo las manos se relajaban mientras respiraba profundamente un par de veces, como si se quitara un peso de encima. De repente, se giró y me vio, soltó una exclamación de sorpresa y vino hacia mí con las manos extendidas.

—Debería de haber sabido que estaba usted aquí; usted trae la paz consigo y me sentí calmada incluso antes de verla —dijo con una sonrisa de bienvenida.

—No pretendía que sintieras nada; Hannah me ha dicho que no te encuentras muy bien debido al pequeño experimento de ayer —comencé diciendo, bastante sorprendida de mi influencia sobre ella.

Pero ella me cortó y dijo, con una mirada desdeñosa y el rostro ensombrecido:

—Hannah no tiene ni idea de nada. No estoy peor; he dormido deliciosamente toda la noche y me he levantado sintiéndome yo misma. Tenía muchas ganas de que usted llegara y viera cuánto bien me ha hecho. Me preparé para usted y estaba muy contenta hasta que sucedió algo que habría consternado aun a alguien más cuerdo que yo. Déjeme que le hable de ello.

Hablaba con excitación, y, con la esperanza de tranquilizarla, le dije mientras me dirigía al piano:

—No te molestes en contármelo ahora. Ven y canta un poco. Tengo muchas ganas de escucharte.

—¡Cantar! —gritó ella, estremeciéndose—. Usted no sabe lo que pide. ¿Podría usted cantar cuando tiene el corazón atormentado por un pecado que alguien muy cercano a usted va a cometer? Debo hablar, tanto si quiere usted escuchar como si no; me va a dar algo si no se lo cuento a alguien; pronto, el mundo entero lo sabrá. Siéntese, no le haré daño, pero no me lo impida.

Habló con una vehemencia que la dejó sin aliento, me sentó en el sofá de un empujón y, sujetándome con una fuerza a la que no habría resistido, aunque así lo hubiera intentado, prosiguió con más coherencia de la que esperaba, mientras yo, que conocía el poder de una mirada sana sobre una lunática, la miraba fijamente y la escuchaba en silencio.

—Harry me lo ha contado. Él viene a verme cada mañana antes de irse. Hoy estaba muy enfadado, se lo noté, y le pregunté por qué. No sabe decirme que no, pobre Hal, así que me lo contó. Amy va a casarse dentro de un mes y nadie lo va a impedir. Imagínese qué perversión, con esa maldición que nos persigue a todos nosotros.

Una pregunta llegó hasta la punta de mis labios, pero no los traspasó; aun así, mi rostro debió de traicionarme, pues, inclinándose hacia mí, ella contestó a mi silenciosa pregunta con un estridente susurro, tan lleno de dolor contenido y pasión que me hizo estremecer.

—Me refiero a la maldición de la locura. Todos nosotros estamos locos, o lo estaremos; venimos de una estirpe de locos y, durante años, esta herencia se ha ido transmitiendo sin que a nadie le preocuparan los descendientes. Debería de acabar con nosotros, que somos los últimos; ninguno de nosotros debería casarse, ninguno de nosotros se ha atrevido siquiera a considerarlo, salvo Amy, y esto demuestra que ella es la más loca de todos. Alguien debe detenerla, alguien debe evitarle la agonía de ver a sus hijos convertidos en lo que yo soy o en lo que será Harry.

En ese momento, Elinor se retorció las manos y comenzó a pasearse por la habitación con tal paroxismo de impotente desesperación y aflicción que me senté, desconcertada, preguntándome si no serían solo las divagaciones de una mente perturbada. El rostro de la señora Carruth, sus palabras y sus modales volvieron a mi cabeza, al igual que la expresión melancólica de Augustine y aquel extraño deseo que pronunció sobre su hermana mientras ella dormía; todo esto y la violencia de Harry que acababa de presenciar confirmaron mis sospechas de que aquella trágica afirmación era cierta y, de nuevo, como si la palabra «Amy» me lo evocase, volví a tener la extraña sensación de haber oído todos esos nombres antes y sentí un interés pasajero por sus desconocidos dueños. No hubo tiempo de revivir el vago capricho, pues Elinor se detuvo abruptamente delante de mí.

—Se preguntará usted por qué no soporto oír el nombre de mi madre; le diré por qué. Hace mucho tiempo, cuando ella era joven y hermosa, se casó con mi padre, a pesar de que conocía la triste historia de su familia. Él era rico; ella, pobre y orgullosa; la ambición la hizo volverse perversa, y se casó, a pesar de que la advirtieron de que, aunque ella había escapado, sus hijos heredarían la maldición con toda seguridad, pues, cuando una generación se libra, esta cae con más fuerza sobre la siguiente. Todos mis sufrimientos se los debo a ella; no puedo amarla. Puede que no esté bien decir estas cosas, pero son ciertas y no puedo evitarlo, pues llega siempre un momento en el que los hijos aprenden a criticar a sus padres como hombres y mujeres, y pobre de aquellos que, con sus acciones, cambian el afecto y el respeto por el odio y el desprecio.

Aquel amargo lamento y el solemne fervor de su actitud me conmovieron e intimidaron; no me atrevía a hablar, pensé que las palabras no servirían para consolarla ni para controlar el desbordamiento de una pena durante tantos años reprimida que, ahora que la voluntad no era lo suficientemente fuerte para dominarla, galopaba a rienda suelta. Prosiguió con firmeza.

—Si alguna vez una mujer tuvo razones para arrepentirse, esa es mi madre, pero no lo hará y, hasta que lo haga, Dios nos abandonará. Nada puede vencer su orgullo, ni siquiera una aflicción como la mía. Ella la esconde, me esconde, y le dice al mundo que me estoy consumiendo; ni una palabra de la locura. A estas mujeres les paga para mantener el secreto, y a usted no le habría permitido llegar hasta mí, si no hubiera estado segura de su discreción. Esa es la razón por la que no me envían fuera; nadie de aquí sabe nada de nuestra historia pasada, ya que llegamos hace solo dos años; entonces yo me encontraba bien… ¡Oh! ¡Qué feliz era!

Con las manos sujetas por detrás de la cabeza, parecía una hermosa y pálida imagen de la desesperación. Sin lágrimas y en silencio, pero con tal expresión de amor y anhelo en sus ojos que, con solo levantar la mirada hacia el cuadro que había sobre nosotros, bastaba para contar la historia de un amor perdido, un corazón roto. Era el único cuadro de la habitación, la cara de un hombre, atractivo y joven, con un aire excepcionalmente fuerte y noble, que me había atraído el día anterior y había hecho que deseara hablar de él; nada, salvo el temor a otro ataque como el que había seguido a la pronunciación del nombre de la madre, me lo habría impedido. Volví a mirarlo entonces con redoblado interés ya que la chica tenía la mirada fija en él, presagiando otro capítulo en la historia de la triste familia.

—¡Cuánto lo quería! —dijo suavemente, mientras toda su cara brillaba con una luz suave y cálida—, ¡y cuánto me quería él a mí!, demasiado para dejar que acarrease toda mi vida con un remordimiento que llegaría demasiado tarde como para resarcirme. Entonces le creí cruel, ahora le doy gracias por ello; prefiero ser la inocente sufridora que soy a una despreciable mujer como es mi madre. Nunca más volveré a verlo, pero sé que él piensa en mí, allá en la India, y que, cuando yo muera, un corazón noble llorará por mí.

La voz le flaqueó y le falló y, durante un instante, el fuego de sus ojos se extinguió con las lágrimas. Pensé que era el momento de reaccionar y me levanté, con intención de consolarla. Al instante, puso su mano sobre mi hombro y, empujándome de nuevo hacia mi asiento, dijo, casi con fiereza:

—Aún no he terminado, debe usted oírlo todo… No, no todo, lo peor me lo guardo para mí, me lo guardo por mi padre. ¿No es un rostro tierno, sincero y noble? Sé que usted está de acuerdo; bueno, lo amé hace un año. Yo no sabía nada de la desgracia que pesaba sobre nosotros, pues aquello se ocultó con mucho cuidado hasta que Augustine lo descubrió. Él debió de haber hablado antes y haberme salvado a tiempo, pero volvió cuando yo ya estaba prometida, luego me advirtió del destino que me esperaba. Yo no podía creerlo, mamá lo negaba, pero mi padre lo confesó. De modo que Edward se marchó con el corazón roto, y yo me convertí en lo que soy. ¿Ve usted esta marca?

Con un rápido gesto se abrió el vestido y pude ver sobre su blanco pecho una profunda cicatriz violeta. Me estremecí sin querer y me puse pálida pensando en lo que estaba por venir.

—Sí, intenté matarme, pero ellos no me dejaron morir. La vieja tragedia vuelve a empezar. Augustine se hizo sacerdote, con la esperanza de ocultar su calamidad y expiar el pecado de su padre rezando sin descanso. Harry se volvió un insensato, una vida corta y alegre, dice él, y cuando llegue su turno se evitará muchos sufrimientos, como habría hecho yo. Amy es como mamá, solo piensa en sí misma, se casará y perpetuará la maldición. Su prometido lo sabe, pero él no renunciará a su fortuna, y ninguno de nosotros se atreve a contarle el amargo secreto que los podría separar porque le hemos prometido a Steele que guardaremos el secreto hasta que acabe el año.

—¿Quién es Steele?

La pregunta salió de mis labios antes de que pudiera impedirlo, pero no fui más lejos, pues Elinor puso su mano sobre mis labios y me susurró mientras miraba nerviosa hacia atrás:

—¡Chssst!, no me pregunte; me temo que lo diré a pesar de mi promesa. Él es el genio malvado de nuestra familia, tenga cuidado con él o se apoderará de usted igual que ha hecho con todos nosotros.

Tras esta enigmática contestación, se quedó de pie en silencio durante un momento, luego continuó con más violencia que antes.

—¡Ahora pensará usted que estoy loca de atar! ¿Va a pedirme que cante, sonría y me siente tranquilamente mientras continúan estas maldades? Dice usted que puede que me recupere, yo le digo que eso es imposible, la muerte es la única cura para un Carruth loco. Pero yo soy tan joven y tan fuerte que pasará mucho tiempo hasta que llegue, a menos que yo haga que venga…

Ella apretó las manos, hizo rechinar los dientes y miró alrededor suyo con una expresión de desesperación, como si estuviera preparándose para algún acto frenético que la libraría de aquel futuro oscuro y espantoso que la aguardaba. Muchas mujeres se habrían echado a temblar y pedido ayuda; yo debería de haberlo hecho, si no hubiera sido porque la compasión había superado mi miedo; me olvidé de mí misma, solo podía pensar en aquella pobre chica tan desesperada, indefensa y afligida; me acerqué a ella y la rodeé con mis brazos con tanta ternura como si hubiera sido mi hermana; no hablé, pero la sostuve cerca de mí y sentí que podía controlarla tan solo a base de delicadeza. Al principio, pareció no darse cuenta de mi presencia, mientras permanecía de pie, rígida, sin hacer un solo movimiento, con la mirada perdida de aquí para allá, con los dientes y las manos todavía apretados. De repente, la fortaleza y excitación parecieron abandonarla, y se habría caído de no ser por mis brazos. La eché sobre el sofá, le humedecí los labios, la abaniqué y le hablé dulcemente, afanándome a su alrededor hasta que levantó de nuevo la vista y me miró, ya bastante recompuesta, pero tan pálida y débil que me dolió en el alma verla así.

—Ya pasó —susurró, y cerró los ojos con cansancio—. No me deje hablar, no me deje pensar, o volveré a desesperarme. Léame algo, lo que sea, cualquier cosa que pueda tranquilizarme…

Busqué entre los libros de la habitación, pero no encontré nada que me pareciera adecuado hasta que, justo debajo de una pila de novelas aburridas y mediocres poemas, descubrí Un cuento de Navidad, de Dickens. Era justo lo que quería y, sentándome junto a Elinor, comencé a leérselo lo más teatralmente que pude, con la esperanza de atraer la atención de mi oyente. Durante un rato ella permaneció echada con las manos sobre sus ojos y sin aparente interés, pero, cuando llegamos a la parte de los Cratchit, vi cómo en sus labios se dibujaba una sonrisa, una suave expresión se apoderó de su rostro y el pequeño Tiny Tim hizo que aparecieran lágrimas silenciosas en aquellos tristes ojos suyos, pues la magia de aquella sencilla historia la conquistó y demostró ser la mejor medicina que podría haberle dado. Feliz por mi éxito, seguí leyéndole durante varias horas los libros más animados que tenía a mano. Elinor apenas decía nada, pero era evidente que le gustaba, y permaneció echada escuchándome mientras la lluvia caía con fuerza y el viento melancólico se quejaba. Cenó un poco y después le entró sueño, así que retomé mis tareas y me entretuve lo mejor que pude hasta el ocaso. Sentada en la penumbra, oí a Hannah llamarme desde la puerta y, al acercarme hasta ella, me dijo:

—A la señora Carruth le gustaría verla en su cuarto antes de salir. Yo me ocuparé de la señorita.

Contenta de poder escapar de la sombría influencia de aquella habitación, bajé y disfruté del lujo y la belleza que veía de camino. La señora Carruth estaba arreglándose para la cena y, aunque a la mayoría de las personas les habría parecido una dama sonriente, bendecida con todo aquello que da la felicidad, a mí me parecía más digna de compasión que su hija, pues el orgullo había dejado su marca sobre ella y una voluntad indomable se delataba en el fuego de sus ojos y en la desafiante mueca de sus labios.

Me recibió con un aire refinado, hizo algunas preguntas, dijo esperar que me encontrase a gusto y, luego, añadió:

—Ya que la lluvia parece que no la va a dejar pasear, tal vez desee usted descansar y entretenerse dando un paseo por la casa. Si le apetece, le ruego que lo haga; no molestará usted a nadie; nosotros vamos a salir. Hay otra cosa de la que deseaba hablarle; ya que, necesariamente, habrá ciertas irregularidades en sus comidas, siéntase libre de pedirlas cuando considere más oportuno. La pequeña sala para desayunos que hay junto a la biblioteca está a su disposición, y Morris se encargará de que tenga usted todo lo que desee. Dígale a la señorita Amy que estoy lista, Lizette. Buenas noches, señorita Snow.

Con una ligera inclinación se marchó y me dejó preguntándome dónde estaría el señor Carruth. Me había imaginado que estaba muerto, pues no lo había visto ni oído, pero no había ningún rastro de viudedad en el vestido de la señora Carruth y, en ese momento, recordé que Elinor había hablado de él como difícilmente lo habría hecho, si la muerte hubiese dejado caer su velo entre ellos dos.

Mientras estos pensamientos pasaban por mi cabeza, caminé un poco por el amplio salón, todavía sin iluminar, salvo por el brillo que provenía del cuarto de la señora Carruth detrás de mí y de otro, en el extremo opuesto. La puerta de este apartamento estaba entornada y, cuando me aproximé a ella, salió una joven que se estaba poniendo los guantes. Era una chica rubia y esbelta, mucho menos guapa que Elinor; en su rostro no había rasgo alguno de nobleza innata, calidez o fortaleza. De un vistazo, adiviné una naturaleza fría, superficial y egoísta. Tenía los ojos azules y traviesos, una expresión débil pero caprichosa, y sus modales eran medio nerviosos, medio coquetos, sin dignidad ni elegancia. Se detuvo al verme, me observó un instante y luego asintió con la cabeza, como si me reconociera.

—La señorita Snow, ¿verdad? ¿Cómo se encuentra nuestra querida Nell esta noche? Habría subido corriendo a dejar que me viera, de haber tenido tiempo. A ella le gusta mirar cosas hermosas, y a mí me encanta satisfacerla. Dígale que tengo algunos regalos de boda que enseñarle. ¿Cree usted que está muy mal?

Mientras hablaba en tono despreocupado, Amy seguía a sus cosas, poniéndose los guantes, arreglándose el vestido de volantes y sacudiendo un fino pañuelo. Sin apenas esperar mi respuesta, se dispuso a continuar y, mientras se colocaba el cuello de cachemir sobre los hombros, me dijo:

—Salúdela de mi parte, por favor, y dígale que iré mañana a contarle cómo fue la cena de esta noche. ¿Está la muchacha tranquila y a salvo, señorita Snow?

—Creo que sí, si una tiene cuidado con evitarle los temas espinosos… —comencé a decir, pero ella me interrumpió.

—¿No tiene miedo de estar a solas con ella?

—En absoluto.

—Pues yo sí lo tendría, querida. Nunca me atrevo a verla si no están Hannah o Jane conmigo. Usted ya ha hecho antes este tipo de cosas, ¿verdad?

—Sí, me ocupé de una amiga durante dos años y del hijo retrasado de la señora Hamilton durante los últimos seis meses.

—¡Debe de ser una vida espantosa! Como para encanecer de golpe, pero tiene usted el aspecto joven y sonrosado de quien disfruta de la forma más apacible. Para mí es bastante…

Se detuvo abruptamente y se marchó sin disculparse ni despedirse.

Al darme la vuelta tras ella, vi a un caballero que avanzaba por el salón y, al pasar a su lado, vi cómo ella se recogía el vestido hacia atrás, no fuera que él lo tocara, y se inclinaba con la mayor deferencia posible para responder a su saludo.

—¿Vas a salir de nuevo, Amy? —dijo él, sin detenerse.

—Sí, Steele; ¿te molesta?

—En absoluto; baila cuanto quieras —fue su despreocupada respuesta.

Amy bajó deprisa por las escaleras con un «gracias», y el caballero siguió caminando detrás de mí. Yo me había dado la vuelta para continuar con mi paseo y ahora el pasillo estaba demasiado oscuro para permitirme ver nada, salvo una figura alta y oscura que se deslizaba junto a mí, tan silenciosa como una sombra.

Como mujer, sentía curiosidad y, dado que estaba ociosa, me entretuve con toda clase de fantasías raras y románticas acerca de ese «genio malvado de la familia», tal como Elinor lo había llamado. Mientras meditaba, deambulé de aquí para allá, admirando todo lo que veía hasta que me entró hambre y fui en busca de la pequeña sala de desayuno y de Morris. Abrí la puerta lentamente y entré sin molestar a dos personas, quienes, para mi sorpresa, ocupaban la habitación. A una de ellas no le presté atención, pues una simple mirada a la otra me dio la pista que estaba buscando, y recordé tan vivamente un incidente que había olvidado hacía mucho tiempo que me quedé parada y como sin habla.

Augustine estaba de pie delante del fuego, tenía la cabeza inclinada sobre la repisa de mármol de la chimenea y el desánimo dominaba cada línea de su abatida figura. Recostado en una silla lujosa y baja, había un hombre de unos treinta años, delgado y elegante, con el rostro imberbe y oliváceo; tenía los rasgos marcados, los ojos negros brillantes, una boca desdeñosa y una frente alta y lisa con el pelo oscuro peinado hacia atrás de una forma que muy pocos rostros soportan. A pesar de ir vestido de una manera muy sencilla, había un aire de elegancia en él, de la que carecía hasta el guapo de Harry; aun así, y a pesar de tener rasgos inequívocos de ser de buena familia, nunca vi un hombre más repulsivo. Tenía una sonrisa insolente y cruel, y el brillo malicioso de sus ojos era tan irritante como un insulto.

—Esta vida nos está matando a ambos. Noche tras noche tengo que encontrar y traer al pobre chico a casa peor que si estuviera muerto —dijo Augustine.

—Cíñete a tus oraciones y deja que se vaya —empezó a decir el otro fríamente, pero no prosiguió, pues habiéndome sacado el sonido de las voces de mis reflexiones, el pomo de la puerta se escapó de mi mano con un repentino «clic» y los dos hombres levantaron la mirada.

No sé qué expresión tenía Augustine, pues mis ojos seguían clavados en su acompañante, quien sufrió un cambio repentino y radical mientras se levantaba con un aire deferente y tedioso, como si esperara que me dirigiera a él. Me recompuse y murmuré algo acerca de «las órdenes de la señora Carruth y mi té» y me disculpé por haberlos molestado.

—En absoluto, permítame que llame a Morris —dijo e hizo con una celeridad encantadora; luego, mientras Augustine continuaba en silencio, añadió con una sonrisa—: Creo que debo presentarme: soy Robert Steele, amigo de la familia y el humilde servidor de usted, señorita Snow.

Me incliné y me senté, sin saber qué otra cosa hacer. No hubo tiempo de sentirme incómoda, pues en su papel de anfitrión, Steele pidió té y, mientras lo preparaban, se repantingó contra el respaldo de la silla que estaba frente a mí y habló cómodamente, mientras sus ojos amables buscaban mi rostro; yo me sonrojé con indignación. Entonces me dirigí a Augustine, que permanecía mirando el fuego de mala gana.

—Señor Carruth, su hermana deseaba que le dijera, si lo veía, que espera que pase usted una hora mañana con ella.

Se giró hacia mí y su agotado rostro se volvió hermoso y lleno de sentimiento cuando, con entusiasmo, afirmó:

—Gracias por traerme este agradable mensaje y por su interés en Elinor. Mi madre dice que, hasta ahora, ha tenido usted gran éxito con ella, y yo espero, sinceramente, que ella mejore bajo su benéfica influencia.

Yo había abierto la boca para contestar, cuando un sirviente asomó la cabeza, como asustado, y, mirando a Augustine, dijo:

—Por favor, señor, ¿puede usted ayudarme con el señor Harry? No puedo hacer nada con él, está completamente fuera de sí esta vez.

—¡Silencio! Ahora voy, John.

El joven sacerdote habló con severidad, aunque sus pálidas mejillas se encendieron y la vergüenza y el dolor hicieron temblar su voz.

El sirviente desapareció, Augustine lo siguió apresuradamente y Morris me indicó que mi cena estaba lista. Steele acercó una silla a la mesa y, cuando la cogí, en un tono suave, lo cual me era más desagradable que cuando lo hacía con sarcasmo, dijo:

—Parece usted muy sola, cenando sin nadie y, dado que el santo nos ha abandonado, ¿aceptará usted la compañía de un pecador y que le ofrezca una taza de té, señorita Snow?

Acepté, por supuesto, y, mientras preparaba el té, decidí observar a ese hombre con tanta atención como había hecho él conmigo, ya que una extraña sensación de contrariedad había surgido en mi fuero interno. Me gustaba estudiar las personalidades, e imaginaba que tenía alguna habilidad para comprender en las personas los rostros y la naturaleza, de las cuales son espejo. Este caso requería coraje, paciencia y tacto, pero nada hasta entonces había conseguido intimidarme. Mientras comía tranquilamente pan con mantequilla, observé y escuché con todos mis sentidos alertas. Había algo en mis modales que, evidentemente, lo desconcertaba, ya que esa vez me topé con su amable mirada sin sonrojarme, ni di signos de inquietud ante su presencia ni tampoco mostré admiración alguna por sus dotes mentales o personales, como sospecho que solía sucederle con la mayoría de las mujeres. Un observador menos agudo no habría tardado en considerarme una joven prosaica y flemática, con intención de cenar y nada más. No obstante, a pesar de mi desagrado, me halagaban las molestias que se tomaba por convencerse de lo contrario y la decisión a la que, evidentemente, había llegado, concretamente: la de que yo era un enigma que valía la pena descifrar por las razones que él considerara válidas. Yo creo que él sospechaba que Elinor me había contado algo sobre él, y esta idea lo incomodaba, ya que hacía muchas preguntas y obtenía respuestas tan breves que ponían a prueba su paciencia.

—Creo que encontrará en Elinor una paciente interesante.

—Sí.

—Supongo que este no es el primer caso que ha tratado, ¿verdad?

—No.

—Como dice Amy, es usted demasiado joven y alegre para llevar una vida así.

Esto no requería respuesta, y no se la di, mientras ponía una taza de té en la mano delgada y morena que se extendía para recibirla. Él no había tomado asiento, pero seguía de pie en la alfombra con una actitud relajada; me miraba con frecuencia, a veces abiertamente, si bien la mayoría de ellas lo hacía de reojo, como si deseara leer mi rostro, pero ocultando sus propios rasgos delatores. Removiendo suavemente el té, me preguntó con amable interés:

—¿Cómo estaba hoy? ¿Tranquila o excitada?

—Las dos cosas —respondí, mientras aparentaba servirme mermelada.

—Agitada y habladora, supongo.

—Bastante.

—¿Cuál parecía ser la causa de su agitación?

—Su desgraciado estado mental.

Dejó la taza con un gesto de impaciencia y, con los ojos fijos en mí, preguntó:

—Me refiero a qué capricho o desilusión se apoderó de ella hoy. En resumidas cuentas, ¿de qué habló?

Yo también dejé mi taza y, girándome un poco, lo miré directamente y le dije, con un aire decidido que, evidentemente, lo sorprendió:

—¿Me permite preguntarle si es usted el médico de la señorita Carruth?

—No, no tengo ese honor —contestó, y una extraña sonrisa se le dibujó en el rostro.

—Entonces debe usted permitirme que prefiera no repetir nada de lo que esta pobre chica pueda haber dicho en mi presencia. Su desgracia la hace objeto de compasión, no de curiosidad, y solo a su madre o a su médico puedo informar de sus palabras o actos.

Sabía que estaba enfadado, pues sus ojos negros brillaron y me soltó una rápida mirada que habría acobardado a una mujer tímida, pero su voz era más suave que nunca, y sus modales, más respetuosos que antes.

—Tiene usted mucha razón, señorita Snow; admiro su discreción y la felicito por haber superado tan bien la pequeña prueba que me he atrevido a hacerle para mi propia satisfacción. Dado que su posición en esta familia tiene una naturaleza particular y confidencial, puedo decirle que yo ocupo un lugar aún más particular y confidencial que el suyo. Nada ocurre sin mi conocimiento, y todos los asuntos me son comunicados sin reservas, dado que, desde que el señor Carruth se retiró del mundo, ejerzo el papel de hermano mayor. La señora Carruth se lo dirá.

Hizo una pausa, y esperaba, evidentemente, que yo mostrara interés, sorpresa o curiosidad. Sentí las tres cosas, pero oculté el hecho bajo una expresión indiferente, y me limité a decir:

—¿Puede alcanzarme la cesta con las pastas?

Él me la pasó y, acercando una silla a la mesa, se sentó, se sirvió un discreto bizcocho y, mientras fingía disfrutarlo, dirigió la conversación abruptamente hacia mi persona.

—¿Los Snow de Leicestershire son acaso familiares suyos? Conocí a una familia de lo más encantadora con ese apellido cuando estuve en el extranjero.

«Quiere saber de dónde soy», pensé, y me pareció que podría divertirme, después de mi aburrido día, tratando de frustrarlo. Le respondí lo más reservadamente que pude:

—Creo que hay muchos Snowdon en Leicestershire, pero ningún Snow; los Snow son de Lincolnshire.

—Así es, ahora recuerdo; es fácil que uno confunda nombres tan parecidos. Entonces imagino que las hermosas hijas del comandante Snow serán primas o parientes suyas.

—En absoluto; no tengo vínculo alguno con Inglaterra.

Pareció molestarse, pero no estaba dispuesto a dejar que lo desairasen y, asumiendo una expresión de sorpresa, dijo rápidamente:

—Le ruego que me perdone, supuse que era usted inglesa e imaginé que podría hablarle de ciertas personas por las que podríamos haber sentido mutuo interés.

—Soy inglesa, pero ya no tengo familiares allí, salvo dos ancianas tías, en Escocia.

Y, habiéndole concedido este último dato, me levanté, me incliné con solemnidad y salí de la habitación.

Le oí echar su silla hacia atrás y poner la mano sobre el pomo de la puerta, pero no lo giró; yo subí corriendo para cantar algo a Elinor hasta que se durmió, tras lo cual me fui a mi cuarto. Al fin libre, me senté a pensar, ya que los acontecimientos del día tenían un doble interés por lo que había descubierto.

Para explicar tal cosa debo relatar brevemente un incidente que había ocurrido hacía más de seis meses. En aquella época no tenía yo trabajo y me alojaba en una casa de huéspedes de segunda clase, cuya mesa no me agradaba, así que tomaba las comidas en un apacible restaurante cercano. Un día, mientras esperaba en mi rincón a que me trajeran la cena, escuché algunas palabras en la mesa de al lado que atrajeron mi atención; o, más bien, fue la voz que las pronunció, pues era muy peculiar. Intensa y a la vez dulce, tenía un timbre metálico, como el sonido de una campana de bronce, y la risa que la seguía era tan musical como triste.

—Augustine, Elinor, Harry y Amy, ¿lo recordará usted, madame, ma mere?

La voz de una mujer respondió, pero demasiado baja como para que yo pudiera captar lo que decía, y el murmullo de la conversación continuó durante varios minutos hasta que los nítidos tonos se elevaron de nuevo.

—Puede que tengamos que esperar mucho, pero no estaremos a salvo hasta que esa vieja entrometida se marche; así que tengamos paciencia.

—Bien, y mientras tanto nos divertiremos.

La mujer tenía un inconfundible acento francés, y el burbujeo del corcho del champagne siguió a su frase.

No oí nada más, pues en aquel momento el camarero se acercó a mí y sus enérgicos movimientos con los cuchillos y tenedores los alertaron de mi proximidad. Al poco, oí cómo se levantaban para irse y, asomándome después de que pasaran, vi a una mujer alta, de avanzada edad y bien vestida que se alejaba por el comedor acompañada por el hombre al que ahora conocía como Robert Steele.

Los observé durante un instante, y me los imaginé como madre e hijo, ya que el rostro de la mujer tenía rasgos de la belleza que el hombre poseía en buen grado. Mientras seguía cenando, me entretuve pensando en quiénes podrían ser Augustine, Elinor, Harry y Amy, para qué debía esperar la pareja y quién sería la «vieja entrometida». Luego me olvidé del asunto hasta que volvieron a aparecer los nombres, pero no fue hasta que vi el rostro de Robert Steele cuando recordé dónde los había oído, al igual que aquella voz y aquella risa tan singulares. Ahora lo recordaba todo y, mientras pensaba en ello, no se me iba de la cabeza la voz de Elinor cuando había susurrado: «él es el genio malvado de esta familia».

III

HARRY

Durante una o dos semanas llevé una vida tranquila y bastante ocupada, y mis esfuerzos se veían recompensados con la mejoría diaria de Elinor. Pronto me convencí de que el tratamiento que había estado recibiendo hasta entonces era del todo equivocado; la soledad era lo que peor le venía y, aun así, debido a la errónea creencia en la necesidad de su completo aislamiento y reposo, habían dejado que la muchacha rumiase su aflicción sin una sola ocupación agradable y sin más compañía que la de una anciana sirvienta y de aquellas dos mujeres, que no eran más que meras vigilantes, no hábiles enfermeras ni alegres compañeras. El éxito del nuevo experimento demostraba tal cosa, y la rápida recuperación sorprendió y entusiasmó a su familia, haciendo que se me obsequiara con un respeto y una gratitud completamente inmerecidos.

Elinor se aferraba a mí como si yo lo fuera todo para ella, y cada día se mostraba más dócil, tranquila y dueña de sí misma. Augustine la visitaba con frecuencia, pese a que yo nunca lo animé a ello, pues un remordimiento eterno parecía oprimirlo más aún que su melancolía innata, como si no pudiera olvidar que su acto, tal y como se había producido, había acelerado la aparición de aquella enfermedad hereditaria en su hermana. Ella lo perdonó y se esforzó por mostrar el mismo afecto, pero el recuerdo del pasado se interponía entre ellos dos, y él nunca habría podido ser para ella lo que era su hermano pequeño.

No pasó un solo día sin que Harry trajera alguna baratija nueva o entretenida para distraer a Elinor. Estando con él era cuando ella se sentía más feliz, pues sabía así que él estaba a salvo, y, al ver su ansiedad, yo hacía todo lo que estaba en mi poder para que los encuentros resultaran agradables y para que él fuera a verla a menudo y se quedara mucho tiempo, protegido de las influencias que lo rodeaban fuera de aquella apartada habitación.

Me conmovía ver cómo estas desgraciadas y jóvenes criaturas se aferraban la una a la otra; ella trataba de mantenerlo alejado de la vida imprudente que, con seguridad, lo acercaba al destino del que hubiera podido escapar durante años; él soportaba pacientemente todos sus cambios de humor, impaciente por aliviar y alegrar el triste cautiverio del que no podía salvarla. No tardé en aprender a amarlos como una hermana mayor, y ellos me consideraron una amiga en la que podían confiar.

Amy rara vez venía; estaba absorta en la ropa para la boda, pero cuando me encontraba con ella, siempre excusaba su abandono por el temor a molestar a la pobre Nell, o enviaba mensajes que no significaban nada y que eran recibidos en silencio.

La señora Carruth seguía igual, siempre cortés y tranquila en público, pendiente del bienestar de Elinor y gentilmente reservada conmigo; pero yo podía ver que una terrible ansiedad la oprimía, pues envejecía con rapidez y, a veces, su rostro tenía una expresión casi desesperada que delataba la lucha que el orgullo y la voluntad mantenían con un algún secreto y duro adversario.

Steele frecuentaba la casa y observaba todo lo que sucedía en ella con una infatigable vigilancia. A los sirvientes les caía bien y lo obedecían como si fuera el amo, pero era evidente que la familia lo odiaba y lo temía, aunque todos, salvo Harry, lo trataban con escrupulosa educación. Yo seguí el ejemplo de ellos a este respecto, pero no sentía miedo u odio ni se lo mostré, y esa diferencia pareció satisfacerlo. Si en su naturaleza había un lado bueno, creo que yo llegué a él, pues conmigo casi nunca mostraba el espíritu cruel y sarcástico que tan repulsivo le hacía para los demás. Por alguna razón, parecía estar ansioso por complacerme, y no tardé en llegar a la conclusión de que, temiendo tenerme como enemigo, había decidido tenerme como amiga, aunque yo no podía entender de qué modo podría hacerle daño a alguien que parecía tener el control absoluto de esta peculiar familia.

Era imposible resistirse al encanto de sus modales y su conversación cuando decidía ejercer su poder de fascinación; sin embargo, mientras yo disfrutaba de esto, me reservaba en mis gestos y mis palabras y le estudiaba con mayor interés cada día. Todas las noches lo encontraba esperando en la pequeña salita, como si una de mis tareas fuese llevarle el té; aunque, accidentalmente, me enteré por Morris de que se trataba de un nuevo arreglo.

Él no me preguntaba por Elinor (sospecho que Hannah le daba toda la información que podía), sino que se dedicaba a hacer que aquella media hora fuera agradable para los dos, con aparente indiferencia pero verdadero talento, de modo que yo no me sentía ofendida, aunque Morris se quedó mirando con los ojos como platos y Lizette sonrió con afectación cuando mencioné el hecho a la señora Carruth. Ella pareció sorprenderse y reflexionar por un instante, pero respondió como siempre:

—Me parece muy bien, señorita Snow. Steele es algo peculiar pero puede hacer aquí lo que le plazca; de modo que si a usted no le desagrada, tendré que dejarle compartir con usted el té, dado que él suele llegar muy tarde como para cenar con nosotros.

De modo que Steele siguió viniendo, aunque yo sospechaba que la señora Carruth no tenía nada que ver con ello y no habría podido evitarlo aunque lo hubiese intentado. Yo no tenía objeción alguna, pues su alegre compañía resultaba muy agradable después de un largo día de mi penosa tarea. Además, los nuevos libros que traía y su animada conversación me refrescaban la mente tanto como la comida restauraba mi cuerpo. A menudo deseaba que nunca hubiese ocurrido nada que me predispusiera en su contra, ya que daba la impresión de querer que tuviera una buena opinión de él, y los diferentes medios que empleaba para ganársela eran cautivadores; sin embargo, yo no conseguía superar mi desconfianza y aversión instintivas, a pesar de que las ocultaba tras una conducta tranquila que parecía agradarle a la vez que molestarle.

Las cosas siguieron así hasta finales de la segunda semana, cuando un nuevo problema vino a interrumpir nuestra breve calma. El sábado por la mañana, Harry entró con aspecto cansado y abatido.

—Buenos días, señorita Snow. ¿Cómo va eso, Nell? Veo que has pasado una noche tranquila porque me recibes con una sonrisa; ojalá pudiera yo hacer lo mismo.

Ella lo recibió, en efecto, con una sonrisa, pero esta se desvaneció mientras lo miraba con ojos tiernos y acusadores y, peinándose el cabello moreno y rizado de la frente, le decía amablemente:

—Pobre muchacho, tu vida es mucho peor que la mía porque no tienes a ningún amigo como Kate que esté siempre cerca para mantenerte alejado de las tentaciones. ¿Anoche volviste a olvidar la promesa que me hiciste y te comportaste mal, Hal?

—Mira mi cara y dime si es así.

Él le mostró su rostro, y ella se quedó satisfecha, pues, a pesar de estar pálido y agotado, era evidente que no había pasado una noche de desenfreno. Ella le rodeó el cuello con el brazo y lo besó con una mirada de gratitud y amor que hizo que los orgullosos ojos del muchacho se empañaran y sus firmes labios temblaran.

—Buen chico, ahora sí que me siento de verdad feliz, pues saber que puedo hacer algo de bien en el mundo hace que valga la pena vivir. ¿Qué te preocupaba anoche, querido, que no pudiste dormir?

—Lo mismo de siempre, Nell. Ya no puedo soportarlo más. Amy va a casarse el día de Navidad y no va a posponerlo hasta Año Nuevo, que es cuando quedaríamos libres de la promesa que le hicimos a Steele. ¡Maldito sea!

—Calla, Hal, deja que Dios se ocupe de la condenación y ayúdame a pensar en un plan para evitar esa impulsiva promesa mientras se pueda hacer algo. Me duele la cabeza de tanto darle vueltas y no veo la manera, pero tú eres listo y seguro que se te ocurrirá algo. Kate nos ayudará a llevarlo a cabo, aunque aún no podemos contárselo todo.

Negué con la cabeza, pero, en mi fuero interno, me decidí a hacer todo lo posible por evitar aquel mercenario e insensato matrimonio. Agarrados del brazo, los dos hermanos paseaban arriba y abajo por el largo pasillo del invernadero donde nos encontrábamos; yo me senté junto a la fuente, ocupada en mis labores, pero cogiendo al vuelo fragmentos de su conversación, pues me habían rogado que no me marchara.

—Tengo suerte de no estar a solas nunca con Carrol, porque sé que se lo diría todo; pero aquí, en casa, Amy me vigila, y fuera, Steele, o alguno de sus espías, siempre está alerta para evitar que nos veamos.

Harry hablaba con desánimo, como si el forzado silencio hiciera mella en su humor; pero Elinor respondió, con aire desafiante:

—A mí no me vigilarían; iría a ver a Carrol, le contaría la verdad, y que encaje las consecuencias, como un hombre.

—Desearía hacerlo, Nell, pero no puedo. Le he dado mi palabra a Steele, y es deshonroso incumplir una promesa.

—No cuando se le hace a un villano… Pero no, no le llamaré así porque él es lo que es. Tal vez sea normal sentirse como él, y no nos corresponda a nosotros hablar de honor. ¡Oh, Hal, desearía que estuviésemos todos muertos!

—Mejor sería que nunca hubiésemos nacido —contestó él, en un tono mucho más amargo que el de ella, y, durante varios minutos, caminaron en silencio—. Si padre ejerciera su autoridad, se enfrentase al mundo con valor y pusiese fin a todo esto, yo podría soportar la desgracia que nos ha caído —estalló Harry—, pero es tan lamentablemente débil, está tan a merced de Steele, tiene tanto miedo de frustrar a Amy y… —hizo una pausa aquí, como si tuviera miedo de pronunciar el nombre prohibido, aun cuando debiera haber sido el nombre que con más cariño y dulzura saliera de sus labios— Augustine dice que el remordimiento vuelve cobardes a los más valientes, y no es sorprendente que un hombre tímido como padre se vuelva la criatura rota que es ahora. ¿Cuándo le viste, Hal?

—La semana pasada. Volví ayer, pero Steele estaba allí y no me dejó entrar. Dijo que se encontraba demasiado débil para hablar y que, durante un tiempo, sería mejor que nadie, salvo… ya sabes quién, fuese. Eso significa que nadie irá, pero, aun así, ella sí lo hará.

—¿Qué presagia todo esto? —preguntó Elinor, deteniéndose cerca de mí, como si una repentina sensación de peligro la hubiera hecho girarse hacia la amiga en quien más confiaba.

—Supongo que una nueva tormenta. Creo que ese hombre está endemoniado y que hacer daño a los demás le causa verdadero placer; de otro modo se compadecería de nosotros en lugar de buscar venganza por el daño que, inocentemente, le hemos hecho. ¿Cree usted en Satán, señorita Snow? —me preguntó Harry, sentado en el borde de la fuente, mientras miraba con desgana las coloridas piedras que cubrían el fondo.

—Creo que sí, aunque el señor Steele no es exactamente mi modelo para este personaje histórico. Él tiene una conciencia, os lo aseguro, a pesar del maléfico espíritu que lo posee.

—¡Gracias, mademoiselle!

Una nítida voz pronunció estas palabras y, al levantar la vista, vi a Steele asomarse tranquilamente a la pequeña ventana, en la cual había aparecido en otra ocasión la señora Carruth.

Elinor se hizo un ovillo detrás de su hermano, pero él se puso en pie de un salto y lanzó una piedra, en un gesto impetuoso que le dio fuerza pero no precisión a su propósito.

Steele agachó la cabeza para evitar el impacto, se rio y dijo, en ese tono suyo tan exasperante:

—Esto no es un argumento propio de caballeros, Hal.

—¡Entonces probaré con otro más contundente! —Repuso Harry y se dio la vuelta para salir del invernadero con vehemencia, pero Elinor lo sujetó, y Steele, mientras desaparecía y se despedía con la mano, dijo:

—No te molestes, voy a unirme a vuestra alegre fiestecilla.

—¡Oh, Kate! No debe venir, ¡no puedo soportarlo! —gritó Elinor.

—Lo mataré, si lo intenta; ¡espía vulgar y entrometido! —respondió Harry, tratando de zafarse de ella.

—Quedaos aquí los dos, que yo me ocuparé del señor Steele —dije y salí deprisa cerrando la puerta tras de mí.

Lo hice justo a tiempo porque, según giré la llave de la cerradura, él entró, sonriente aún, pero con un brillo en sus ojos negros que no presagiaba nada bueno para aquellos a los que buscaba.

—Steele es la contraseña, de modo que permítame pasar, amable y leal centinela —me dijo, y avanzó todo lo que pudo sin llegar a tocarme.

—Esa no es la contraseña y, por lo tanto, no puede usted pasar, camarada —le contesté y, guardando la llave en mi bolsillo, me apoyé contra la puerta y lo obsequié con un rostro mucho más tranquilo y calmado que el suyo.

—En serio, señorita Snow, maneja usted los asuntos de una manera despótica. ¿No sabe usted que es peligroso oponerse a mí?

Fruncía el ceño y me repasaba con una expresión de enfado y sorpresa.

—Ya lo he visto en los demás, pero no le tengo miedo a nada, y debo obedecer las órdenes a toda costa.

—¿Las órdenes de quién?

—Del doctor Shirley. Él insiste en que Elinor permanezca tranquila, y su presencia ya le ha hecho daño; así que no puede usted ir más allá.

—Pero tengo el mismo derecho a visitarla que ese chico.

—Permítame que lo dude.

Estaba a punto de decirme algo, pero se detuvo apresuradamente y, cruzando los brazos, me miró con una extraña expresión. Un momento después, habló con más tranquilidad, pero más imperativamente.

—Tengo el permiso de la señora Carruth para pasar; deseo ver a Elinor y estoy acostumbrado a que se me obedezca. Sea usted tan amable de abrirme la puerta.

—Discúlpeme si me niego; la señora Carruth puso a Elinor a mi cuidado y esta misma mañana me rogó que usara mi propio criterio para admitir a sus hermanos y hermana. Creo que es imprudente y poco seguro permitir que usted entre ahora y no voy a permitirlo.

—¿Sabe usted que yo soy el amo en esta casa?

—Pero no el mío, señor Steele, y aquí yo soy quien decide hasta que la señora Carruth me despida.

Me indignó su insistencia y, aunque controlé mi voz, mis ojos se encendieron y me enfrenté a él de manera tan resuelta como la suya. Él dio un paso hacia atrás; cambió su ceño fruncido por media sonrisa, la mirada de desaprobación arrogante por una de sincera admiración y, con una curiosa expresión, mezcla de fastidio, sumisión y amabilidad, me dijo:

—No estoy acostumbrado a dejar de hacer mi voluntad, pero admiro tanto su coraje que me seduce ceder por el placer de disfrutar de una nueva experiencia. ¿Qué me dará usted a cambio, señorita Snow, si me someto a su autoridad?

—Mi agradecimiento y un gran respeto por un hombre que sabe controlar su temperamento, perdonar una pequeña afrenta y compadecer una gran aflicción.

Una maravillosa expresión dulce y suave se dibujó en su rostro cuando lo miré con aire de confianza, pues sentí que esta vez la victoria era mía.

—¿Me dará usted la mano y no se olvidará usted de bajar al anochecer como hizo ayer?

Me ofreció su mano y yo, enseguida, saqué la mía del bolsillo donde la tenía guardada; al hacerlo, la llave se enganchó en mi anillo y cayó al suelo. Me apresuré a recuperarla, pero él fue más rápido que yo y, sujetándola con fuerza, me miró con toda la vieja malicia de sus ojos y, con la antigua aspereza de su voz, me dijo:

—Ahora las tornas han cambiado: es usted quien debe solicitar permiso para entrar, y yo quien puede rechazarla, si lo deseo. ¿Debo seguir su ejemplo de severidad?

—Sí, haciendo lo que usted sabe que es lo correcto, por desagradable que pueda resultarle.

—¿Fue desagradable rechazarme el acceso?

—Me resultó agradable hasta que usted se dio por vencido.

Se rio, jugueteó con la llave y pareció considerar algún asunto. Yo permanecí en silencio, todavía ante la puerta cerrada, y decidida a resistir hasta el final. Creo que él se dio cuenta de ello y encontró un nuevo placer en enfrentarse a una voluntad que estuviera a la altura de la suya. La mala cara desapareció y fue reemplazada por una que no le había visto hasta el momento. Era una mirada mitad triste, mitad melancólica cuando me dijo, observándome atentamente:

—Es usted una persona curiosa; creo que sería capaz de expulsar a mi demonio, si se lo propone. Hal tiene razón al decir que hay un demonio en mí. Algún día le diré cuál es. ¿No va a pedirme siquiera la llave?

—No.

—¿Por qué no? Creo que podría usted argumentar con elocuencia, si quisiera.

—No hay necesidad de eso; sé que será usted generoso y que demostrará que valora la buena opinión de una persona incluso tan insignificante como yo.

Tendí la mano mientras hablaba, él puso la llave en ella y salió de la habitación con un tranquilo «gracias».

Ansiosa por saber cómo les había ido a mis prisioneros, abrí la puerta, entré y me encontré a Elinor que todavía temblaba, pero que se reía mientras observaba a Harry, quien había arrastrado un enorme florero hasta la pared, se había subido a la pequeña ventana y había atrancado la pequeña puerta de la habitación; descendía en ese momento, mientras mascullaba para sí palabras de venganza.

—Bueno, por este lado estás a salvo, Nell, y yo haré guardia ante tu puerta si hiciera falta. Bien, señorita Snow, ¿ha hecho que se bata en retirada nuestro enemigo?

—Sí, ha firmado una tregua y abandonado el campo de batalla. Ahora, señor Harry, prométame una cosa: contrólese y evítelo por el bien de Elinor, si no por el suyo propio —le dije seriamente, mientras su hermana se echaba sobre mí y el hermano permanecía de pie frente a nosotros todavía sonrojado de ira.

—Se lo prometo, pero tendré que irme de casa para cumplirlo, o la próxima vez que me mire de ese modo insultante tan suyo le daré su merecido. ¿Confiarás en mí mientras esté fuera, Nell?

—Qué remedio; pero, querido, ten cuidado; recuerda lo mucho que mi felicidad depende de ti, y vuelve siendo el mismo buen muchacho que se va. Ve a ver a padre, si puedes, y quédate con Augustine tanto como sea posible; allí estás más a salvo, aunque sé que es un lugar muy aburrido.

—Me aburre soberanamente con su devoción, pero haré todo lo posible por soportarlo y regresaré tan pronto como mi ira se haya sosegado. De nada sirve esperar que la de Steele desaparezca; él nunca olvida ni perdona, y tarde o temprano tendré que pagar por la piedrecita que le pasó por encima de la cabeza. Adiós, Nell, conserva el ánimo, querida. Cuide de ella, señorita Snow, y no deje que el enemigo marche por sorpresa sobre ustedes mientras yo estoy fuera.

Tratando de hablar animadamente, Harry abrazó a su hermana, me dio la mano calurosamente y se marchó a enfrentarse a las tentaciones de las que no habría podido escapar allí fuera.

Yo mantuve mi promesa y, al anochecer, bajé a la pequeña salita, preguntándome cómo me recibiría Steele. Junto a mi plato había un ramo de rosas de invierno, pero él no estaba allí y lo eché de menos, pues mi cena resultó muy solitaria y aburrida sin su oscuro y vivaz rostro y su familiar voz, resonando en mis oídos. Terminé pronto el té, aunque permanecí meditando sobre las flores hasta que él entró apresuradamente; era evidente que esperaba encontrar la habitación vacía. Parecía triste, endurecido y frío, pero una mirada de sorpresa y placer se dibujó en su cara en cuanto me vio.

—Ah, ha esperado; se lo agradezco.

—No, ya he terminado y debo irme enseguida. ¿Tomará usted té?

—Acabo de cenar, pero tomaré una taza ya que está usted aquí para servírmela.

La tomó de pie frente al fuego y, una vez que le hube servido, me di la vuelta para irme. Una rosa cayó de mi ramo. Cuando la recogí, él se inclinó también y, al hacerlo, una pequeña piedra cayó del bolsillo de su chaleco y rodó por la alfombra. La cogí y reconocí en ella la que Harry le había lanzado. Sentí un repentino temor al recordar sus palabras. Él parecía algo molesto, pero permaneció como si nada jugando con la flor en el momento en que mi mirada pasó de la piedra a su rostro.

—Hay un viejo dicho que dice que un hombre vengativo conservará una piedra en el bolsillo durante siete años, le dará la vuelta, la conservará durante otros siete años y, entonces, se la arrojará a su enemigo. Espero que no sea usted de esa clase, señor Steele.

Él se encogió de hombros riendo y, mientras arrojaba la flor al fuego, contestó:

—No tocaré al chico, mas tampoco olvidaré su insolencia, aunque a mí poco me haya afectado. ¿Le han gustado las flores?

—Sí, son rosas inglesas, me han hecho recordar mi hogar, y se lo agradezco.

—¿Se marcha usted tan temprano?

—Elinor me espera; buenas noches —dije, y subí, llevándome la maldita piedra conmigo.

Durante toda la semana, Steele estuvo inusualmente alegre y afable y, en toda la semana no tuvimos noticias de Harry. Supimos por Augustine que no había ido a ver ni a su hermano ni a su padre, ni tampoco fue visto en los sitios que solía frecuentar. Según pasaban los días, fuimos poniéndonos cada vez más nerviosos. Yo estaba segura de que Steele sabía algo de él, pero él juraba por su honor que no lo había visto, y nos aseguró que el chico regresaría cuando se le hubiera pasado el ataque de ira.

Elinor estaba preocupada, y yo albergaba pensamientos que no me atrevía a formular, pero el resto de la familia parecía haberse acostumbrado a los caprichosos hábitos de Harry, y esperaban, sin mucha preocupación, a que regresara.

El viernes por la noche hubo visita y yo me quedé con Elinor hasta que se durmió, pues el sonido de la música llegaba incluso hasta nuestro remoto aposento y le hacían recordar los días en los que ella era la más alegre entre los alegres en noches así. Por fin, se quedó dormida y yo me dejé caer por la pequeña salita, tomé un refresco, luego cogí un libro y me senté a leer y a disfrutar de la agradable agitación que llegaba desde arriba. De repente, alguien golpeó en la gran ventana que se abría en la parte de atrás de la casa. Levanté las cortinas y vi a Harry; con gran alegría, desabroché el pestillo y la abrí por completo. Sin decir palabra, entró tambaleándose, se echó en el sofá y se quedó allí tumbado, respirando agitadamente. Me acerqué a él, vacilante, algo que él pareció comprender, pues, volviendo su demacrado rostro hacia mí, me dijo con voz ronca:

—Estoy sobrio, no tenga miedo de mí. Estoy mojado, tengo frío y estoy enfermo. Deje que me eche aquí hasta que recupere el aliento, luego me iré sigilosamente y no molestaré a nadie.

Tras un segundo vistazo, me convencí de que decía la verdad y me acerqué a él llena de compasión. Resultaba triste verle ahí echado, tosiendo sordamente, con aspecto febril, los ojos hundidos y los labios resecos. Tenía la ropa mojada y manchada, el pelo descuidado. Todo su aspecto era el de quien ha pasado por situaciones de locura y a duras penas ha conseguido escapar vivo de ellas.

—¿Qué ha pasado? ¿Dónde has estado? Elinor ha estado muy preocupada, y yo también —dije, agitando el fuego y acercándole un cojín para la cabeza, mientras él se echaba, agotado por la tos.

Levantó la vista, me miró con una expresión lastimosa y me susurró mientras temblaba:

—No me pregunte; y no se lo cuente a la pobre Nell; ella se sentiría tan decepcionada… No pude evitarlo. Traté de alejarme, pero me cogieron y, entonces, se acabó todo.

—¿Quién te cogió, Harry? —le pregunté indignada, cuando se detuvo para limpiar su frente húmeda y beber el agua que le acerqué a los labios.

—Los títeres de Steele, ellos saben dónde encontrarme y cómo tentarme, y no tienen piedad alguna…

—Pero él me aseguró que no sabía nada de ti.

—¿Cómo iba a saberlo si me llevaron y me mantuvieron fuera de mí durante varios días? Una palabra de ellos fue suficiente para que todas mis promesas y mis decisiones fueran en vano. Ya le dije que él no olvidaba ni perdonaba, y no lo hizo.

Cuando estas palabras hubieron salido de su boca, Steele entró, y se detuvo a contemplar aquella deplorable visión; luego me miró un instante y, recomponiéndose, avanzó con fingida sorpresa.

—¿Por qué, Hal? ¿Qué sucede? Oh… Ya veo; señorita Snow, este no es lugar para usted; llamaré a John y me ocuparé del chico.

Antes de que pudiera contestar, Harry se puso de pie a duras penas y, señalándose con un gesto tan lleno de patetismo como su voz rota, con la mirada más triste que jamás he visto en un rostro humano, le dijo:

—¿Estás satisfecho? ¿No es suficiente castigo una semana de sufrimiento y degradación por un instante de ira?

—¿Qué quieres decir? No te entiendo… —comenzó a decir Steele, cuyo rostro estaba ahora tan impasible como el del busto de bronce que había detrás de él.

—Sabes que me interpongo en tu camino y quieres quitarme de en medio. Esta no es la primera vez que intentas deshacerte de mí, aunque sería más misericordioso pegarme un tiro que llevar a cabo este juego, que acaba con el alma a la vez que con el cuerpo. Augustine ha renunciado a todo. Amy se habrá ido pronto, la pobre Nell es inofensiva y yo no te molestaré por mucho tiempo; creo que por fin he conseguido mi propia muerte.

Un espasmo de tos lo sacudió de pies a cabeza, frenando su apasionado discurso, y lo hizo acostarse de nuevo hasta que se le pasó. Steele se había puesto pálido, pero se dominó a la perfección, pues, con un acento de lástima y de reproche, cuando se acercó para ofrecerle ayuda, exclamó:

—Te perdono estas duras palabras porque esta noche no eres tú. Déjame acompañarte hasta tu habitación y acomodarte, si puedo.

—¡No me toques! —gritó Harry—. Prefiero arrastrarme que deberte un favor, te desprecio y te odio, aunque seas…

—¡Para! —La voz de Steele resonó en la habitación en un tono que habría sometido a un espíritu más rebelde que el del pobre Harry, quien se detuvo ante la mirada amenazadora del otro. Steele señaló hacia la puerta con un aspecto que obligaba a obediencia, por un lado, pero, por el otro, a mí me incitaba al desafío—. Vete a tu cuarto, joven, y recuerda lo que eres antes de insultar a un caballero con esas bravuconerías sensibleras. Quédese, si lo desea, señorita Snow: deseo hablar con usted.

—Me niego a escuchar. Ven, Harry, apóyate en mí y deja que ocupe el lugar de tu hermana esta noche.

No sé cómo le sentó a Steele mi respuesta, pues, sin volver la cabeza, entrelacé el brazo de Harry con el mío y lo saqué de la habitación. Nadie nos siguió, pero oí cómo se cerraba la puerta de la sala mientras ayudaba al pobre muchacho a subir la escalera de servicio que nos protegía de la alegre agitación de la parte superior de la casa; apenas lo hube dejado en su apartamento y llamado a su ayuda de cámara, el doctor Shirley, que vivía cerca, entró apresuradamente y dijo que lo enviaba el señor Steele. Ya no se me necesitaba allí, y ya me iba cuando Harry me llamó y me susurró, mientras sujetaba mi mano, con una expresión de agradecimiento:

—No se lo diga a Elinor; puede que me encuentre bien para verla mañana por la mañana.

Se lo prometí y lo dejé con el corazón apesadumbrado; pero a la mañana siguiente él estaba tumbado con fiebre, y durante días hubo pocas esperanzas de que Elinor volviera a verle de nuevo en este mundo.

IV

TRES VECES CONFUNDIDA

—He tomado una decisión y usted es mi última esperanza, Kate.

La mano de Elinor sobre mi hombro me sacó del ensimismamiento en el que me encontraba mientras cosía, y el sonido de su voz rompió abruptamente el largo silencio que había reinado entre nosotras.

—¿Qué has decidido y cómo puedo ayudarte, querida? —le pregunté cuando ella se sentó junto a mí, con un aire de tranquila determinación.

Bajando la voz, dijo con seriedad:

—Evitar esta boda, y debe usted ejecutar mi plan, porque yo aquí soy una prisionera. Escuche y no me decepcione. Augustine no hará nada más que lamentarse y rezar. Harry está enfermo y se siente atado, por honor, a mantener esta horrible promesa. Esa es la idea del honor para un hombre, la mía es diferente, y conseguiré que se sepa la verdad cueste lo que cueste. Steele no tiene derecho a obligarnos a sufrir esta nueva desgracia. Cualesquiera que sean las consecuencias de mis actos, me enfrentaré a ellas. ¿Me ayudará usted, Kate?

Sus ojos mostraban más elocuencia que sus palabras; en ese momento supe que estaba completamente cuerda y, tras varias indirectas, respondí con ganas:

—Lo haré.

—¡Dios la bendiga! —dijo, con un rostro de inmensa gratitud—. Sabía que usted era mi amiga; con su sentido común y su coraje, estoy segura de que tendremos éxito. Este es mi plan, es muy sencillo y directo, pero, con Steele que nos vigila, será necesaria mucha habilidad para llevarlo a cabo. Le he escrito a Carrol, y usted debería entregarle la nota sin que nadie la vea. ¿Cree usted que podrá hacerlo?

—Nada más fácil —comencé diciendo, pero me detuve al recordar que, aunque me cruzaba a menudo con el prometido de Amy, él nunca estaba solo. Siempre estaban con él o con su prometida la señora Carruth o Steele, o algún joven acompañante, y, dado que hasta ese momento yo lo había evitado, no podía cambiar repentinamente mi manera de actuar sin levantar sospechas.

Sin embargo, confiaba en que, con mi suerte y mi sentido común, se presentara alguna oportunidad ahora que yo estaba pendiente de ello. Elinor estaba tan ansiosa que no se percató de mi silencio y, sacando una carta cerrada de su corsé, la puso en mi mano al tiempo que me susurraba nerviosa:

—Tenga cuidado y asegúrese de estar a solas con él antes de dársela; y vigile que Steele esté lo suficientemente lejos. Si no, él la sorprenderá. Ahora, vaya a dar su paseo vespertino por la casa; es justo la hora a la que llega Carrol; seguro que se lo encuentra usted por algún lado.

Me agradaba la emoción de esta pequeña aventura y, guardando la nota en mi bolsillo, me fui, asegurándole que lo haría lo mejor posible. Primero, di una vuelta por todas las habitaciones de la planta baja y me aseguré de que Steele no estuviera allí; luego, subí corriendo y pregunté por Harry, al tiempo que echaba un vistazo detallado a su habitación desde la puerta. No había nadie, salvo John y el pobre muchacho que dormía profundamente. John y yo nos llevábamos bien, así que me di la vuelta y me aventuré a preguntarle:

—¿Cree usted que el señor Steele está en casa? —No, señorita; estoy bastante seguro de que salió hará una media hora. ¿Quiere usted que vaya a buscarlo?

—No, gracias, no tiene importancia.

Me armé con un libro que me había prestado él e hice lo que nunca antes había hecho: fui a su habitación con la excusa de devolvérselo, si él estaba allí, o de asegurarme de que había salido, si tal era el caso. No hubo respuesta a mi llamada y, después de llamar varias veces, abrí la puerta y me atreví a mirar dentro. El brillo del fuego iluminaba cada rincón, y un solo vistazo me persuadió de su ausencia. Muy satisfecha de mi éxito hasta el momento, estaba a punto de cerrar la puerta cuando algo sobre la mesa captó mi atención e, involuntariamente, me hizo dar un paso hacia adelante para asegurarme de lo que había visto. No era sino un pequeño ramillete de brezo blanco y violeta que yo había llevado el día anterior, pues a Elinor le agradaba verme con las flores que a ella le gustaban. Sabía que eran las mismas flores porque todavía tenían el lacito de seda escarlata que ella había usado para atarlas y que podía verse claramente a través del fino cristal transparente del jarrón en el que estaban puestas. No recordaba dónde las había extraviado, pero ahí estaban, conservadas cuidadosamente como si fueran algo hermoso o precioso para su nuevo dueño. Me olvidé de todo lo demás y me quedé allí de pie un momento, preguntándome si él estaría enamorado de Elinor, pues ningún descubrimiento o manifestación podría sorprenderme ya de él. Entonces caí en la cuenta de que él no sabía que eran flores de Elinor y, recordando sus miradas y gestos recientes, sonreí con algo de desprecio y sonrojo al concluir que las había conservado por mí.

Enfadada con él y conmigo misma, salí de la habitación y retomé mi tranquilo paseo a través de pasillos y salas de estar desiertos, esperando dar con el joven Carrol. Este caballero, a pesar de ser de buena familia, tenía un carácter que no estaba a la altura que era de esperar; había derrochado su propia fortuna y ahora estaba dispuesto a venderse por otra fortuna. Amy había fijado el precio y parecía bastante satisfecha con la compra, pues la competencia incrementaba el valor. A mí, particularmente, me desagradaba porque pertenecía a esa clase de hombres al uso que no saben nada de la verdadera hombría y son una deshonra para la sociedad. A mi desagrado había que añadirle una pizca de orgullo femenino y de rencor, pues el señor Carrol consideraba un honor prodigarme muestras de admiración y no hacía ningún esfuerzo por refrenarse, para gran indignación de Amy. La primera vez que me había cruzado en su camino, mientras él estaba de pie en el salón con su prometida, sin molestarse en bajar la voz y mirándome por detrás, había dicho:

—¿Quién es ella?

—Tan solo la acompañante de Elinor —fue la respuesta que recibió.

—Pues envidio a Nell; es una mujer muy atractiva.

—Fred, cállate ya, no permitiré que admires a nadie más que a mí.

—Por supuesto que no; pero permitirás que mire a una hermosa mujer, ¿no? Uno se entretiene con bellas institutrices y acompañantes, pero ama y admira solo a ángeles como tú.

No pude oír nada más de ese encantador diálogo y seguí caminando, dispuesta a demostrarle al señor Carrol que era cosa imposible entretenerse con acompañantes como la señorita Snow.

Desde entonces, ninguna vieja carabina de pelo gris habría podido ser más intimidatoria que yo, cuando, algunas veces, nos encontrábamos; pero, nada más saber que yo era una dama, el señor Carrol no tardó en mirarme de un modo tal que me daban ganas de pedirle a Steele que interviniese para enmendar los modales del caballero. Mientras iba yo arriba y abajo pensando en tales cosas, no estaba de humor para encontrarme con el invitado esperado y, de no ser por Elinor, habría rechazado el encargo.

Confiaba en que el timbre me avisaría de su llegada, así que me sorprendí bastante cuando, de repente, oí su voz en el salón y, al asomarme desde la oscura habitación donde me encontraba en ese instante, vi que Steele entraba con él. Se detuvieron un momento para dejar los sombreros y entraron en la biblioteca con la intención de resolver algún asunto. Las damas no estaban en casa, y yo sabía que los hombres no se quedarían mucho tiempo. Steele no se separaría de Carrol hasta que se fuera, de modo que había perdido mi oportunidad. Ansiosa por no decepcionar a Elinor, seguí un repentino impulso y, deslizándome hasta el salón, metí la nota en el bolsillo del abrigo que Carrol había dejado sobre una silla. Apenas lo hube hecho, oí que venían, volví corriendo al oscuro saloncito y, un momento después, visto lo que pasó, habría dado todo lo que tenía por tener de nuevo la nota en mi poder.

—Te estoy muy agradecido por dejarme usarlo; habría pasado mucho frío de no ser por él; pero hace una noche tan apacible que prefiero ponerme el mío para volver a casa —dijo Carrol, deteniéndose para resguardar su puro recién encendido de la corriente de la puerta.

—Está en mi habitación; subiré por él. No permito que los sirvientes entren en mis aposentos —respondió Steele, mientras cogía el abrigo, se lo ponía al hombro y subía escaleras arriba.

Me quedé totalmente consternada; había fracasado doblemente, pues Carrol estaba ahí, solo, pero la nota había volado, y volado hasta las manos de la persona de quien más debía protegerla.

Me retorcí las manos en la oscuridad y hasta podría haber chillado de tanto enojo que sentía, mientras Carrol —que admiraba su semblante indiferente en el gran espejo— disfrutaba de su puro. Ninguno de los dos tuvo tiempo de proseguir con sus cosas, pues Steele, que siempre se movía con silenciosa rapidez, estuvo de vuelta antes de que yo pudiera decidir qué hacer y, tras unas breves palabras, se marcharon ambos. Carrol, de la casa; Steele, a esperarme abajo. Sin detenerme a pensar, corrí escaleras arriba, directa de nuevo hacia la habitación de Steele, y miré por todos lados en busca del abrigo. Estaba doblado sobre el brazo del sofá y, sintiéndome como un ladrón, metí la mano en el bolsillo. ¡Gracias a Dios la nota estaba allí! La cogí, fui corriendo a mi habitación y me senté, temblando y sin aliento por la emoción de toda aquella aventura.

Tan pronto me recompuse, regresé para ver a Elinor y le conté mi historia. Se sintió decepcionada, pero lo encajó bien y me dijo que deberíamos intentarlo de nuevo y que me fuera a cenar. Sin apetito, pero exultante en secreto por la derrota que le había infligido sin que se diera cuenta, tomé asiento y hasta desconcerté a Steele con mi extraño humor. Desde el regreso de Harry, yo me había mostrado fría y reservada con «nuestro enemigo», como llamábamos a Steele. Sin embargo, su comportamiento no había variado, o solo para volverse más afable y humilde. Si lo que intentaba era hacer cierta penitencia y solicitar amistad, desde luego se había quedado sin recompensa, pues yo no tenía ninguna confianza en él. Lo consideraba un actor consumado y permanecía impasible ante sus persuasivas actuaciones. Esto lo irritaba y, aunque en más de una ocasión se había marchado en silencio y pálido de cólera, siempre volvía a la noche siguiente tan alegre y sereno como si no hubiese ocurrido nada. Yo no lo comprendía, pero sentía un curioso placer en observarlo, ya que la recluida vida que llevaba no me permitía otra compañía, y la mayoría de las mujeres la habrían encontrado encantadora aunque peligrosa. Yo no, hacía mucho que mis fantasías de amor se habían terminado y no volverían nunca. Simplemente, disfrutaba de su compañía y lo consideraba un enigma agradable cuya solución se volvía cada vez más apasionante.

—Tiene usted un aspecto de lo más malicioso esta noche, señorita Snow. ¿Qué ha estado haciendo? —dijo, después de observarme de esa manera misteriosa tan suya durante unos minutos.

—He dado mi habitual paseo —le contesté tímidamente, aunque mis ojos todavía brillaban de emoción y secreto júbilo.

—Un paseo inusualmente animado, imagino, pues sus sonrosadas mejillas contradicen su apellido.

—Es mejor cumplido que el anterior; pero mi naturaleza no contradice mi apellido, pese a que mis mejillas puedan hacerlo...

—¿Ha vuelto usted a bailar esta noche?

—Sí —contesté y me reí sin querer al pensar en mis carreras arriba y abajo por las escaleras—. ¿Cómo sabe usted que bailo? —añadí, seca.

—Ayer la vi bailando a solas una especie de majestuoso minueto, en el crepúsculo, y estuve considerablemente tentado de aplaudir. Creo que me merezco una sonrisa en lugar de ese ceño fruncido por semejante control sobre mí mismo.

Ahora era él el que tenía un aspecto malicioso, y yo me sentí incómoda, pues sus palabras me confirmaron algo que ya imaginaba: me había observado en más de una ocasión cuando yo me creía a solas.

—No volveré a bailar ni a caminar de nuevo, le dejo la casa a usted, ya que es usted tan aficionado a los paseos al ocaso —dije del modo más frío que pude.

—Le doy mi palabra de que no volveré a seguirla, si ello le disgusta. ¿Me permitiría usted expiar mi fechoría dejando que la acompañe a dar un paseo mañana en coche a plena luz del sol?

—No, gracias; sigo siendo demasiado inglesa para eso. Allí los señores no llevan a los criados a dar paseos, por mucho que brille el sol o por hermoso que sea el camino.

—Pero usted no es una criada, y no hay dama más orgullosa que usted por estos pagos. Tampoco yo soy su amo, como me dijo usted una vez. Ojalá lo fuera… —añadió, como para sí.

Aquello no me agradó e, inmediatamente, me callé, comí en silencio y me marché en cuanto terminé.

A la mañana siguiente, Elinor me recibió con un nuevo plan. Aparentemente, yo debía salir con el pretexto de comprarle algunas cosas, como ya había hecho antes varias veces, pero, después de hacer un par de recados, debería ir a ver a la señora Carrol y decirle que quería ver a su hijo y darle enseguida la nota a él como si fuera una nota de Amy, quien una y otra vez enviaba a los sirvientes con interminables mensajes referentes a los preparativos de la boda. Steele nunca iba por allí, pues la casa estaba llena de jovencitas románticas, que era lo que más pavor le daba, y las seis muchachas que vivían en la casa lo adoraban como auténticas colegialas.

—Si va usted temprano, Fred no habrá salido y las chicas estarán ocupadas. Pregúntele a Amy si tiene algún encargo para usted. Probablemente le dé alguna nota o algún mensaje, como hizo el otro día, y eso ocultará su verdadero propósito. ¿Lo intentará usted de nuevo por mí, Kate?

Accedí y, con muchas dudas, salí en pos de mi segunda aventura. A menudo volvía la vista atrás convencida de que veía a Steele siguiéndome.

Sin embargo, no vi a nadie y llegué a casa de los Carrol sin mayores incidencias.

Amy me había entregado una nota para su amado y, sujetando las dos notas en mi manguito, llamé al timbre. Un soñoliento sirviente me dejó pasar, pareció sorprenderse un poco cuando le pregunté por su señor. Dijo que iba a ver si estaba arriba y me dejó esperando en el comedor, que, evidentemente, acababa de ser desocupado por la criada, pues el polvo todavía flotaba y las ventanas estaban abiertas. Me senté cerca de una de ellas y, mientras esperaba, comparé las diferencias entre las dos direcciones de las cartas. Las palabras eran las mismas, pero la letra era tan distinta como el carácter de una y otra hermana. Tenía la de Elinor encima de la otra y me puse a pensar en algo que decirle a Carrol para asegurarme de que le prestaría atención a la carta, cuando un repentino impulso me hizo levantar la vista y vi a Steele en la ventana: tenía los ojos clavados en la misiva.

Me sentí como imagino que lo hará un pájaro embobado cuando ve por primera vez los ojos de una serpiente; me era imposible hablar o moverme y, durante un instante, me quedé sentada mirándolo, como si fuera un fantasma.

La manera en que se acercó sin hacer ruido me asustó, y fui consciente del nervioso convencimiento de que nunca más volvería a estar a solas. Era evidente que él me había seguido, pues no mostró sorpresa al verme, y ciertas sospechas sobre mi propósito lo habían llevado hasta ese desacostumbrado lugar a una hora tan intempestiva. En cuanto me moví, su mirada se cruzó con la mía; la sonrisa que siempre me provocaba como un insulto se dibujó en su cara, y el tono de su voz reveló que intuía alguna maldad y que estaba alerta.

—Buenos días… Llueve… y se olvidó usted el paraguas, así que vine a traerle uno.

La aparición de Carrol me hizo recuperar la compostura y, dándole la espalda a Steele, metí la carta de Elinor hábilmente en el manguito mientras me levantaba para ofrecerle la de Amy a su somnoliento novio. Con un gesto de cabeza, una graciosa inclinación hacia mí y un asombro ante mi aparición que podía leerse en su cara, Carrol leyó la nota, la dejó en la mesa y, con una expresión de lo menos afectuosa, dijo:

—Ha sido cruel por parte de Amy hacerla venir a estas horas y levantarme a mí solo para comunicarme que menganita no podrá ser dama de honor. Ella requiere una respuesta, de modo que dígale, señorita Snow, que yo no tengo ninguna, y que le ruego que me deje en paz y así poder prepararme para mi condena… Perdón, quiero decir, mi gozo.

Mientras él hablaba, yo había alcanzado la puerta con la esperanza de poder entregarle la nota en la entrada, pero Steele llegó allí antes que yo, y no me quedó otra cosa que hacer que declinar la insistente invitación de Carrol a que me sentara y descansara, e irme a casa con mi indeseada escolta tras de mí. Estaba enfadadísima, pero mi ira, al igual que la suya, era del tipo silencioso e inexpresivo, así que me conformé con rechazar en silencio tanto el paraguas como su brazo y alejarme deprisa, bajo la lluvia, con el rostro tranquilo, pero el espíritu iracundo. Él seguía detrás, con la mirada fija en el manguito, ya que, evidentemente, había visto ambas notas y reconocido la letra de Elinor, y estaba decidido a descubrir su contenido. Yo estaba igualmente decidida a decepcionarlo y, no sabiendo cuál sería su siguiente movimiento, hice pedazos la nota mientras caminaba, con la intención de deshacerme de los fragmentos a la primera oportunidad. Esta no tardó en llegar. Me había desabrochado la capa al sentarme y, con el frenesí, había olvidado abrocharla de nuevo; al llegar a una esquina de la calle, una fuerte racha de viento la levantó de mis hombros. Resultaba imposible abrocharla con una sola mano. Steele lo vio y, con su voz más cortes, pero sin poder evitar cierto entusiasmo, dijo:

—Deje que le sujete el manguito, señorita Snow.

Con una pequeña sacudida, los fragmentos de la nota salieron volando por los aires, le pasé el manguito y me abroché la capa con una irreprimible sonrisa ante su rostro airado. Solo duró un instante; luego, la expresión, mezcla de ira, decepción y admiración que yo ya había visto cuando me había metido la llave en el bolsillo, se le dibujó en el rostro. Su boca adoptó un mohín de seriedad, pero sus ojos sonrieron y su voz sonó completamente tranquila.

—Muy bien hecho, mademoiselle, usted sabía que yo estaba ahí y habría querido cogerla, y ha sido más lista que yo. Admiro su coraje y habilidad, pero nunca dejo que nadie me desbarate los planes y quede impune, así que, para enmendarse, tendrá que volver a casa de mi brazo y bajo mi paraguas.

Mientras hablaba, pasó mi brazo por debajo del suyo y lo sujetó con tanta firmeza que habría tenido que luchar para liberarlo, algo para lo que yo era demasiado orgullosa. Me rendí en silencio y seguí caminando hasta que lo absurdo del asunto me golpeó con tanta fuerza que no puede refrenar un silencioso ataque de júbilo. Volví la cabeza, pero él notó que mi mano estaba temblando, y debió de pensar que estaba llorando pues se inclinó para mirarme a la cara con una expresión de pena. Nunca olvidaré la mirada de asombro que me lanzó. Me retuve al máximo, pero al final rompí a reír, pues, a pesar de la triste vida que había llevado, yo aún no había perdido el sentido del humor.

—Bueno, de todas las mujeres caprichosas, tentadoras e inexplicables, es usted la reina. ¿Es que nunca llegaré a entenderla, Kate?

Hablaba casi con irritación, pero me sujetó la mano con más fuerza y me obsequió con una mirada que contenía algo más ardiente que la ira o la admiración.

—Nunca, señor Steele; pero lo comprendo mejor de lo que usted cree y, de ahora en adelante, me fiaré por completo de mi propio instinto.

—¿La previno acaso su instinto contra mí? —me preguntó, después de estudiar mi rostro durante un instante.

—Sin duda alguna.

—El mío, sin duda, me aconsejó que la respetara y confiara en usted. Desearía de corazón que usted pudiera decir lo mismo.

—¿Cómo podría hacerlo después de lo que he visto y oído?

—¿Qué ha visto? ¿Qué ha oído? —preguntó con una voz que se volvió imperiosa de nuevo.

—He visto y oído cómo trata usted al pobre Harry, y este no es sino otro ejemplo de la vergonzosa vigilancia que ejerce sobre todos los residentes en la casa de los Carruth. ¿Qué derecho tiene usted a hacer tales cosas?

—Se lo diré el día de Año Nuevo. ¿Esperará usted hasta entonces?

—No, si puedo averiguarlo por mí misma antes.

—Ah, se une pues a los que están contra mí, ¿verdad? Tenga cuidado, a la larga. Tiene usted un corazón valiente, es usted aguda y posee un rostro que seduciría a un santo, pero no tendrá éxito, pues nunca permito que nadie me venza.

—Excepto una mujer —dije, y con una sonrisa que, sospecho, habría puesto a prueba el temperamento del hombre más dócil, miré con un sobreentendido algunos de los pequeños fragmentos de la nota que todavía colgaban de mi capa.

Sin embargo, cuanto más lo desafiaba y contrariaba, más parecía yo gustarle y, aunque se caló el sombrero, pude ver esa mirada suya con la que no me gustaba encontrarme.

Bajando la voz, me dijo:

—Mi apellido expresa mejor mi naturaleza que el suyo, por muy fría que sea usted. Puede que me doble, pero la mano de una mujer no puede quebrarme, de modo que queda avisada, pues empiezo a creer de verdad que alguien le puede romper a usted el corazón, Kate…

Me encogí de hombros, un truco que había aprendido de él, y cuando nos detuvimos frente a la casa, le contesté:

—Este no es un juego de cartas con corazones, así que no temo por el mío. ¿Tengo su permiso para entrar?

—No, hasta que me haya agradecido, de la forma más encantadora que sepa, el que me haya preocupado por usted en esta lluviosa mañana. ¿No quiere? Entonces castigaré su ingratitud como me plazca —dijo, y bajo el amparo del paraguas se inclinó y me besó la mano mientras la soltaba.

—No se ponga melodramático, señor Steele.

Las palabras eran la única arma con la que podía responderle, y surtió efecto repetir sus propias palabras, pues, mientras subía corriendo las escaleras, le oí arrojar el paraguas sobre una silla, el sombrero sobre otra y mascullar algo entre dientes, lo que demostraba que, por fin, había yo logrado agotar su paciencia.

Elinor se desesperó cuando le conté mi segundo fracaso, puesto que tan solo quedaba un día para la boda. El hecho de que Steele sospechase de nosotras y estuviera al acecho parecía dejarla sin energías y sin esperanzas, pero yo no desesperé ni creí que el mal pudiera prevalecer sobre el bien, aunque el cómo evitarlo era algo que no alcanzaba a saber. Harry se estaba recuperando, pero seguía demasiado débil para ser de alguna utilidad; Augustine, cuando apelé a él, respondió, con el ánimo sumiso de un hombre débil que se encuentra del todo subyugado por miedo ante alguien más fuerte, que si bien él había renunciado al orgullo, la ambición y la esperanza de felicidad para sí mismo, no tenía derecho a decidir por los demás; la familia estaba a merced de Steele y, si ellos estaban dispuestos a tener seguridad a cambio de la verdad y el honor, creí que él no se atrevería a interferir. Pensé en hablar con la señora Carruth, pero ella me evitaba, y yo pensaba que ni siquiera su hija podría hacerla cambiar de propósito. Amy era igualmente inaccesible, así que, fracasando en todas estas direcciones, mi última esperanza residía en Steele. Atrevido como era el proyecto, decidí apelar a él, y con ello comprobar si la consideración que me profesaba era auténtica, o un mero intento de cegarme los ojos y asegurarse mi interés adulando mi vanidad. Había pasado tan poco tiempo que las circunstancias nos habían juntado de una forma que pronto dio al traste con todas las ceremonias y las reservas; ahora empezaba a creer yo que él de verdad me amaba pues, aunque no lo había confesado con palabras, su rostro lo traicionaba, y mi primera impresión de que se trataba de un actor consumado estaba cediendo rápidamente ante esa percepción de poder que rara vez se equivoca cuando se trata de confirmarle a una mujer que es amada. Me sentía apenada a la par que contenta por ello; apenada porque no podía corresponderle, y contenta porque me daba un arma que estaba decidida a utilizar por su propio bien y por el de aquellos por quien sentía tanto interés como si fueran mi propia familia.

No le dije nada a Elinor acerca de mi propósito, pero la noche antes de la boda esperé a Steele con el corazón en un puño. Él llegó más tarde, con aspecto malhumorado y cansado, pero su rostro brillaba como siempre cada vez que me encontraba allí. Estaba a punto de sentarse como si estuviera muy satisfecho, cuando, temiendo que nos interrumpieran, lo detuve.

—¿Puedo hablar un momento con usted, señor Steele?

—Sabe usted que sí, y cuanto más largo sea ese momento, mejor. ¿Qué sucede, Kate?

Había empezado a hablar alegremente, pero mi rostro debió de inquietarlo, y terminó de manera más seria; enseguida se mostró alerta, con los ojos vigilantes, la voz imponente y, de pie en la alfombra frente a mí, pareció prepararse para malas noticias. Levanté los ojos, lo miré suplicante y con seriedad le dije:

—Una vez me pidió usted que presentara mis argumentos, entonces le dije que no, pero ahora lo haré con toda la elocuencia que sea capaz de reunir. ¿Me escuchará usted?

—Sí.

Fue una sola palabra, pero me entusiasmó puesto que la dijo con rapidez y apartó la vista como si temiese que mis ojos fueran más eficaces que mis palabras. Di un paso hacia él y fui directa al grano.

—Sé que tiene usted corazón, creo que tiene usted conciencia, y apelo a ambas al pedirle que libere a esta familia del vergonzoso silencio que les ha impuesto, o bien que le cuente a Carrol el secreto que debería conocer antes de casarse con Amy.

Steele respiró hondo, como si se liberara de un temor oculto, desfrunció el ceño a la vez que, mientras me miraba con sus ojos amables, me dijo con gravedad:

—Parece que algunos de ellos ya se han liberado de la promesa que me hicieron voluntariamente hace algunos meses; si no, ¿cómo ha sabido usted que era un secreto?

—Nadie puede pasar cierto tiempo en esta casa sin darse cuenta de que algo no va bien —dije—. Elinor me habló de la triste herencia que los oprime, pero nada más, salvo que hay un impedimento para la boda de Amy, del cual Carrol debería de estar enterado. Solo usted puede hacerlo sin romper una promesa, y le conmino a que lo haga, en nombre de la verdad y de la justicia, si no es por el bien de la pobre chica que se lo pide a través de mí.

—Se la engaña a usted, señorita Snow; la excitada mente de Elinor exagera el asunto. La traición de esta promesa no influiría en Carrol; a él solo le preocupa el dinero, y el señor Carruth es millonario; la parte de Amy ya es una fortuna de por sí y, teniéndola asegurada, Carrol no renunciaría a ella aun cuando el obstáculo fuera mayor que el que me acaba de indicar.

—Pero Elinor dice que sí que influiría y, aunque puede ser que arruine la felicidad de Amy, es algo que debería ser dicho, pues el silencio no es sino traición y deshonor.

—Le aseguro que no es así; ¿va a creer usted antes a una joven medio loca que a mí?

—Sí.

—¿No tiene usted fe en mí?

—Ni un ápice.

Sus ojos se iluminaron, el verde oliváceo de su rostro se oscureció con un brillo intenso y, por segunda vez, pude ver el espíritu fiero que lo poseía. De haber sido yo un hombre creo que me habría golpeado; al ser una mujer, tan solo apretó los dientes, caminó por la habitación y se detuvo junto a la ventana para intentar dominarse. Ese instante me dio tiempo a recapacitar y a pensar que, si lo enfadaba, mi causa estaría perdida. Tenía que concebir una manera segura de poder ganarla. Me acerqué a él, puse mi mano sobre su brazo y le dije sentidamente:

—Perdóneme si le juzgo con severidad: pruebe que me equivoco. Sea generoso y justo; si tiene usted poder, úselo con magnanimidad y convierta a estas personas en sus amigas, no en sus enemigas. Quiero respetarlo y confiar en usted, demuéstreme que merece usted mi aprecio, y lo tendrá.

Él no habló, pero no vi ninguna ira en su rostro medio girado; olvidándome de mí misma, continué:

—Concédale su deseo a Elinor y gánese verdadera gratitud por parte de nosotras dos. Ella tiene pocas esperanzas, pero yo tengo muchas, pues, a pesar de lo que he visto y oído, creo que posee usted una naturaleza mejor que esa tan dura que muestra al mundo. No me decepcione; concédame usted la felicidad de saber que puedo despertar y conmover esa naturaleza y hacer de usted el hombre que debería ser.

—Lo haré, pero con una condición.

Se dio la vuelta, me cogió las dos manos y se inclinó hacia mí con una mirada cariñosa y radiante que rara vez se veía en su rostro y que tan hermosa era. Sabía lo que vendría y deseé evitarlo, pero no encontré palabras; en un tono que nunca había oído antes, continuó rápidamente:

—Tiene usted razón; tengo una naturaleza mejor que la que muestro al mundo, pero ha estado abandonada toda la vida. Nadie ha tenido la voluntad o el poder de evocarla, salvo usted, y en usted encuentro mi destino. Haré todo lo que me pide, aunque pueda costarme caro, si a cambio usted me da, no solo el respeto y la confianza que promete, sino amor. ¿Lo recibiré, Kate?

No había actuación en ello; era naturalidad, no artificiosidad; lo sentí al instante, pues había verdadera emoción en su voz, verdadera pasión en sus ojos y sus manos sujetaban las mías como si yo fuera de verdad su destino y él me implorara mi bondad. Si lo hubiera amado, se lo habría confesado entonces y hallado una gran satisfacción al saber que tenía el poder de servir y salvar a un semejante. Pero yo no lo amaba, y el remordimiento que aquello me supuso fue mi castigo por creer durante tanto tiempo que el verdadero afecto de este hombre era mentira. Por mucho que deseara ayudar a Elinor, no podía engañarlo a él, pese a que al rechazarlo perdía mi causa. Asentando la voz y haciendo que esta delatara arrepentimiento y lástima, lo miré con una sensación en el corazón que jamás pensé que él pudiera hacer aflorar, y le dije firme y educadamente:

—Es imposible, no tango amor que darle, pues por feliz que pueda parecerle, hay un recuerdo en mi corazón que lo mantiene fiel al pasado. Se lo agradezco, con gusto seré su amiga, pero no puedo ser nada más.

—Debe serlo, ¡si me abandona, estoy perdido! Aguarde un poco y deje que intente ganarme su amor; nunca fracasé en nada que anhelara de todo corazón, y nunca deseé nada tan ardientemente como la deseo a usted.

No era necesario que me lo dijera, pues su rostro resplandecía de amor y deseo, y me atrajo hacia él como si me hiciera suya y me guardara frente a toda oposición. Yo me separé y retrocedí hasta la puerta, al pensar que cuanto antes nos separásemos mejor sería para ambos.

—No puedo cambiar mi respuesta, perdóneme y olvídese de mí. Será fácil para usted ya que me conoce desde hace tan poco que no es posible que haya alimentado un profundo afecto. ¿Será usted más amable de lo que he sido yo? ¿Puedo decirle a Elinor que accederá a su ruego, ganándose así muchos amigos en lugar de uno solo…?

Steele se había puesto muy pálido, seguramente debido a la gran excitación; tenía las venas marcadas en la frente, y su expresión amarga y malvada regresó. Cuando habló, la voz le tembló con ira contenida, aunque nunca se elevó por encima de su tono habitual.

—Nunca perdono ni olvido, señorita Snow, y creo que se arrepentirá usted de la respuesta que me ha dado esta noche. Dígale a Elinor que si una palabra mía pudiera salvarlos a todos de la desgracia que se cierne sobre ellos, no la pronunciaría, aunque con mi silencio sellara mi propia condenación.

Temblando ante la tormenta que había levantado, me arrastré hasta mi cuarto para permanecer en vela, observar y llorar, pues ese ardiente amante había hecho resurgir en mí el recuerdo de otro que en el pasado me había cortejado con más tacto y que había recibido una respuesta más amable. La muerte nos había separado, y al igual que el de Elinor, el mío era un corazón viudo, y así permanecería toda mi vida.

V

TRAS EL VELO

Amy iba a casarse por la mañana y partir el mismo día en barco para la luna de miel en París. Había querido a toda costa una gran boda. Pero su madre había exigido que se celebrase en la mayor intimidad, sintiendo seguramente que no tendría la fuerza ni el valor de comparecer. Aun así, la casa bullía de ajetreo la mañana de Navidad, e incluso la impasible Hannah parecía agitada. Las seis señoritas Carrol llenaron las dependencias, y algunos amigos íntimos llegaron a la hora señalada.

Elinor parecía haber renunciado a toda esperanza, y yo, habiendo hecho todo lo posible, decidí mantenerme a un lado y dejar que esta malograda familia resolviera su fortuna como quisiera. Pero, cuando se acercaba la hora, Elinor empezó a inquietarse; todos mis esfuerzos por distraerla fallaron. La llevé al invernadero, donde ningún sonido podía alcanzarnos, y le estaba leyendo algo en voz alta cuando, de repente, golpeó sus manos y se puso de pie de un salto con una energía insólita. La miré, temiendo alguna crisis. Ella se quedó de pie, con los ojos clavados en la pequeña ventana, pero no había nadie allí, y permanecía cerrada, tal como Harry la había dejado.

—¿Qué pasa? —pregunté.

Durante unos minutos ella no contestó; luego, como si mi pregunta acabase de llegar a su preocupada mente, contestó con una curiosa sonrisa:

—Se me acaba de ocurrir algo que nos divertirá a las dos. Usted nunca ha visto mi traje de novia. Voy a ponérmelo y a distraerme jugando a hacer de novia, ya que hoy no podré ver a la auténtica. Amy me prometió que me dejaría verla, pero parece que se le ha olvidado. No se mueva, que vuelvo en un momento.

Fue a su habitación y oí cómo se movía apresuradamente, abriendo cajones, sacando sedas y cantando para ella en voz baja. Todo aquello me inquietaba; pero, con la esperanza de que ella encontrara cierto placer en todo aquel delirio, la dejé a solas y esperé pacientemente. Antes de lo esperado, ella regresó tan cambiada que apenas la reconocí. Iba todo de blanco, con el brillo plateado de la seda bajo el encaje, un suntuoso velo en la cabeza, perlas en el cuello y los brazos, y un resplandor, una luminosidad en su rostro normalmente tan pálido, que la hacían muy hermosa.

—¿Lo ve, Kate?, yo debería haber tenido este aspecto. Yo no habría llevado flores de azahar; pues a Edward le gustaban más las rosas blancas. Él las iba a traer, pero nunca llegó tal día.

No tuve palabras para responderle; me temblaban los labios y tenía los ojos empapados. Ella comprendió mi compasión, la aflicción que hacía que mi corazón sufriera por ella y, rodeando mi cuello con su brazo, con el mismo tono tranquilo, dijo:

—No sufra por mí, querida; los malos tiempos ya pasaron. Aun así, toda la amargura regresa hoy, y se hace duro, muy duro que Amy vaya a ser feliz y yo no. ¡Oh!, bueno, ya llegará mi turno en el más allá, en un mundo donde no hay unión ni cesión en el matrimonio.

Se quedó en silencio durante un instante; luego, como para sí misma, dijo:

—Me pregunto si ya habrá terminado… ¡Cómo me gustaría verlos a todos!

—Ojalá fuera posible; pero cuando le pregunté al doctor Shirley, ya sabes que él me contestó que, sin suda, era mejor que no —le contesté.

—Él tiene razón, lo reconozco. Pero desearía ver a mi padre; él va a venir, Harry me lo dijo. Pero él no acudirá a verme: tiene miedo de mí, y da igual lo bien que me encuentre; por eso nunca se lo pido.

Somos una familia extraña y triste; y lo más triste de hoy es que yo no pueda ver casarse a mi única hermana…

—Te lo contarán, querida, y pronto subirá Amy para despedirse.

—Ella se olvidará de mí; nadie me contará nada puesto que Harry no está ahí y Augustine nunca habla de cosas mundanas. Desearía que bajase usted y lo viera por mí, por favor, Kate; tan solo un vistazo con sus amables ojos y me daré por satisfecha.

—Imposible; no voy vestida para bajar; no hay sitio para mí; no me pidieron que…

Entonces ella me interrumpió con entusiasmo:

—¡Eso no importa! Puede usted ver sin que la vean. Oí a Jane decirle a Hannah desde dónde iba a asomarse ella. En el pequeño pasillo, a los pies de la escalera de servicio, que llega hasta el armario con libros; tan solo hay una cortina entre él y la salita, y puede usted mirar desde allí sin que la vean. ¡Oh, Kate, sea buena! Vaya, deprisa; vea todo lo que pueda y luego vuelva y hágame feliz por un día.

Tan insistente fue, y tan fuerte era mi deseo, también, que no tardé en ceder y, tras avisar a Hannah, corrí abajo a compartir el escondite de Jane. De pie, detrás de la cortina a medio echar, pude ver una magnífica escena, pues era magnífica, a pesar de que las grandes salas no estuvieran llenas. El sol invernal se colaba entre los distintos corros, tan radiante como si fuera la boda más feliz de todos los tiempos. Sin embargo, en muchos de los rostros podía verse una sombra que hacía de sus sonrisas una mueca. La señora Carruth mostraba su lado más señorial y templado, aunque en su hermoso rostro podían verse grabadas las marcas producidas por el sufrimiento y entre sus oscuros cabellos asomaran muchas hebras grises. Cuando sus deberes como anfitriona se lo permitían, siempre se detenía cerca de un hombre de aspecto enfermizo y con el pelo blanco, que se hundía en su silla como si estuviera ansioso por escapar de las miradas. Lo observé con atención y, por su parecido con Augustine, supe que debía tratarse del señor Carruth. La frase de Harry: «lamentablemente débil», lo describía a la perfección. Tenía el aspecto de un hombre a quien las circunstancias han dejado sin esperanza, fuerza ni felicidad. La capacidad de temer parecía ser lo único que le quedaba y, mientras su mirada furtiva iba de rostro en rostro, parecía encogerse y hacerse cada vez más pequeño, como si solo recabase desdén y condena en todas partes. Pocos se dirigían a él después del primer saludo, y él permanecía sentado, algo apartado, más como un huésped inoportuno que como el señor de la casa. Hacía tiempo que deseaba yo saber algo de él, aunque nunca les había preguntado a los sirvientes y tan solo había deducido algunas cosas por lo que la familia me había contado; entonces me aventuré a preguntarle a Jane si se trataba de él.

—Sí, señorita, y tiene un aspecto horrible. Siempre está enfermo; el doctor dice que tiene los nervios fatal y que lo único que puede restablecerlo es el descanso y la tranquilidad. No soporta el ruido de la ciudad ni las celebraciones mundanas en la casa, así que vive en su casa de campo, a un par de kilómetros o así. El señor Augustine se queda a veces con él ya que es tan aficionado a la tranquilidad como su padre, y el señor Steele lo vigila todo en los dos sitios.

Cuando dijo su nombre, mi mirada errante fue a parar a Steele, y no presté más atención a aquellos chismorreos. No lo había visto desde nuestro último encuentro, y algo en su rostro y en su comportamiento captó mi atención. Estaba cambiado, aunque me resultaba difícil definir en qué.

Normalmente, era vivaz y resuelto, pero ahora parecía apático. Su fuego parecía haberse extinguido; hasta su aire despectivo había desaparecido, y contemplaba la escena con aire ausente, como si no tuviera interés en ella. Cuando lo vi, las tres hijas más jóvenes y románticas de los Carruth lo estaban acorralando, todas hablándole a la vez, y todas rogándole que escogiera de uno de sus ramos una flor para el ojal. Su rostro pareció despertar un poco al ver las tres pirámides floridas ante sí.

—Ni una sola rosa inglesa —le oí decir, pues estaban cerca y la clara voz de Steele se elevaba con nitidez por encima del parloteo de las chicas.

—No, querido, pero hay heliotropos, que es mi favorita; ya sabe, tan dulce, y con una belleza tan grande. Escoja esa, señor Steele.

Él negó con la cabeza, y la sonrisa sarcástica apareció en sus labios cuando dijo:

—No, gracias; se marchita demasiado pronto; me gustan las flores duraderas. Ni el aroma, ni la belleza del heliotropo encajan conmigo, señorita Amelia.

—Las rosas no son duraderas, y estoy segura de que sus espinas acaban con el placer de su belleza.

—No con el mío. Cogeré entonces esta de aquí, si Fanny me deja.

—¿Por qué, señor Steele? No es gran cosa, solo un ramito de brezo blanco, sin aroma especial.

—Percibo un aroma muy dulce en ello —dijo, y, rechazando los ofrecimientos de aquellas manos enguantadas de blanco, se puso la flor de su gusto; sin embargo, apenas lo hubo hecho, se la quitó, la tiró y salió de la habitación.

Las tres jóvenes se quedaron mirándolo de reojo, intercambiaron algunos susurros de confidencia y salieron a flirtear con caballeros mejor dispuestos. Me puse a observar a Augustine, que estaba de pie detrás de la silla de su padre, con aspecto más monacal y melancólico que nunca. Ver a uno de los hermanos me hacía recordar al otro, y, sin apartar la vista, dije:

—¿Cómo está hoy el señor Harry, Jane?

No contestó, y, al girarme, vi que ella se había ido. Había un caballero de pie detrás de mí, con una silla en la mano. La habitación estaba oscura, pero enseguida reconocí su voz.

—Siéntese, señorita Snow. El servicio es largo, y se cansará usted antes de que termine.

El tono era muy frío, pero más educado que nunca y, aliviada por lo pacífico del ánimo detectado, me senté y, tan relajadamente como si nada hubiese ocurrido entre nosotros, dije:

—Se lo agradezco… ¿Cómo ha sabido que estaba aquí, señor Steele?

—Vi la falda de su vestido por debajo de la cortina.

No hubo tiempo para más; un revuelo en la sala nos dejó mudos, y los dos nos quedamos absortos en el espectáculo que teníamos ante nosotros. Recordando a Elinor tal y cual la había acabado de ver, era incapaz de considerar a Amy como una novia preciosa; y con tales malos presagios sobre su futuro, escuché las palabras que la unían a un hombre que amaba su fortuna por encima de ella.

El anillo había sido puesto, ya se habían pronunciado los votos y estaban sonando las últimas palabras de bendición de los labios del pastor, cuando, de pronto, el señor Carruth se levantó de la silla gritando y señaló hacia el salón, como si estuviera paralizado por el terror. Steele lo vio primero y mientras el anciano se levantaba, el joven intuyó el peligro, retiró la cortina y salió, horrorizado, para ponerse ante Elinor. Ella se había quitado el velo, pero todavía llevaba puesto el traje de novia. Deteniéndose en el umbral de la puerta, levantó un brazo con un gesto de solemne advertencia, mientras su voz resonaba a través del repentino silencio.

—Esto no debe continuar. Protesto ante Dios, y declaro…

—¡Silencio! Es demasiado tarde… ¡Se han casado ya!

Era la voz de Steele, quien le había tapado la boca con la mano a la muchacha; con su fuerte brazo la detuvo e impidió que siguiera avanzando.

—Nunca es demasiado tarde para la verdad; padre, por el amor de Dios, dígaselo…

Pero su ruego acabó ahí porque Steele la cogió en sus brazos y se la llevó, mientras ella soltaba unos gritos que siguieron resonando mucho tiempo después. La confusa visión de Augustine aguantando a su padre, la señora Carruth sentada como si se hubiese vuelto de piedra, Amy agarrándose a su esposo y las seis señoritas Carrol histéricas pasó ante mis ojos cuando subí corriendo las escaleras para ver cómo Steele a duras penas intentaba evitar que Elinor lo hiriese a él y se hiriese a sí misma durante el frenético ataque de desesperación que la había embargado.

Afortunadamente, el doctor Shirley se encontraba entre los invitados, porque yo fui incapaz de calmarla y me vi obligada a dejarla a su cuidado, ayudado por Jane y Hannah. Steele me sacó entonces de la habitación y, cuando me dejé caer en una silla, agotada tras la terrible escena, me trajo una jarra de agua, sin muestras de agitación, pero respirando deprisa y con un pequeño temblor en la mano que ofrecía el agua.

—Vaya a su habitación y descanse, usted no puede hacer ya nada aquí. Yo debo bajar, pues aquello es un caos…

Se fue, pero yo me quedé cerca de la pobre Elinor, por inútil que resultara. Durante un rato hubo cierto ajetreo en la casa, pero poco a poco la agitación fue cesando y los invitados se marcharon, la familia se recuperó lo mejor que pudo y el frenesí de Elinor cesó bajo la influencia de un poderoso opiáceo. Me sorprendió mucho que Amy viniera a despedirse de mí y que dejase un mensaje desolado para su hermana; y se marchó siendo la triste novia que merecía ser.

Cuando todo se hubo sosegado, supe por Hannah cómo se las había arreglado Elinor para escaparse. La mujer no había dejado su puesto, pero al ver que Elinor leía tranquilamente, la había dejado sin más. Habiéndose librado de nosotras dos, Elinor había puesto el macetero bajo la ventana igual que había hecho antes Harry, y había escalado hasta la salita. Luego había pasado a través de las habitaciones desiertas hasta bajar al salón sin que la vieran. Su aspecto y sus extrañas palabras fueron explicados a los sorprendidos invitados por la señora Carruth, quien tuvo que confesar la verdadera enfermedad de su hija, pero, como todos eran amigos, el asunto se zanjó todo lo bien que cabe esperar cuando hay tantas mujeres enteradas de lo que hace al caso.

Elinor se levantó débil y desorientada y, durante varios días, estuvo en un estado lamentable. El doctor negó con la cabeza, como solo un doctor sabe hacerlo, Hannah predijo un nuevo ataque y Elinor pareció luchar contra él con todas las fuerzas que su enfermiza mente le permitía.

—El viejo horror está regresando; siento que se va apoderando de mí; no deje que llegue, Kate, quédese conmigo, ayúdeme, manténgame sana y, si no puede, rece a Dios para que me muera.

Mientras hablaba, se agarraba a mí, como si yo hubiera podido salvarla, y Dios sabe que recé para que su tormento acabase. Me dediqué a ella en cuerpo y alma, y empecé a tener esperanzas de que aquel horror que la acechaba desapareciera, como la silenciosa melancolía vence la emoción salvaje. Yo me repartía entre ella y Harry, quien desconocía hasta qué punto esa vida de gran ansiedad la minaba. La señora Carruth lo sobrellevó muy bien durante un tiempo, pero la reacción llegó y se volvió hacia mí cual si yo fuera, como Harry me llamaba, el buen ángel de la casa. Me gustaba el apelativo y traté de merecérmelo, pues sentía que necesitaban algún espíritu benévolo que se opusiera al genio malvado.

Una tarde que fui al cuarto de la señora, me sorprendí al encontrarme con la mujer que había visto hacía tiempo con Steele. Yo había llamado a la puerta como siempre, una voz me había pedido que entrara y, al hacerlo, vi a la señora Carruth echada sobre la cama, pálida y ojerosa como un fantasma, mientras que esa persona, lujosamente vestida y ostensiblemente perfumada, estaba sentada observándola con un rostro que aunaba exultación y lástima de una curiosa manera.

—Ha llegado su criada, madame, la dejo pues a su cargo. Mis felicitaciones a su marido, y espero que no olvide nuestra fiesta de Año Nuevo —dijo la dama, y, con mucha elegancia, se recogió los volantes de su vestido y se marchó.

—Lizette, que venga la señorita Snow.

—Aquí estoy.

La señora Carruth volvió la cabeza, me hizo un gesto y, cuando me acerqué hasta ella, puso su fría mano sobre la mía y sus ojos buscaron mi rostro con una tristeza que resultaba patética.

—Está usted enferma, ¿qué necesita? —le pregunté.

—Nada; a menudo estoy enferma, pero esta semana pasada ha sido demasiado para mí, y todas mis fuerzas me han abandonado cuando más las necesitaba. ¿Me prestaría usted las suyas? —dijo ella.

—Con mucho gusto. ¿Pero qué puedo hacer por usted?

—¿Está Elinor lo suficientemente bien como para que la deje usted durante una hora o dos?

—Sí, está dormida.

—Muy bien, señorita Snow. Confío mucho en usted, y dado que Augustine está fuera y Harry enfermo, deseo pedirle que se encargue de una tarea algo delicada.

—Creo que el señor Steele está en casa, ¿no lo haría él mejor?

Su mano se cerró sobre la mía con nerviosismo, y en sus ojos asomó verdadero pavor; pero controló su voz, aunque era baja, como si quisiera evitar que la oyeran.

—No, prefiero no pedírselo a él. Lamento que esté en casa; Lizette dijo que había salido…

—Al subir, le oí pedir su caballo y hablar de ir a montar con el comandante Davenant.

La señora Carruth se quedó pensativa un momento, como decidiendo algo, y luego habló con más firmeza.

—Dos veces por semana salgo para supervisar la otra casa, donde, como sabe, se encuentran mi esposo y mi hijo. Hoy no puedo ir, he intentado salir de la cama, pero me mareo al tratar de incorporarme. No obstante, de todos los días del año, es importante que hoy vea al señor Carruth o le haga llegar un mensaje. Los criados no son de fiar, usted sí, por eso me atrevo a pedirle que me haga este favor.

—Con gusto. ¿Salgo inmediatamente?

—Enseguida, pero tengo otra cosa que decirle, si bien con el señor Steele en casa resulta difícil, por sencillo que parezca. Señorita Snow, a estas alturas, usted probablemente ya sepa que él se interesa tanto en nuestros asuntos que sus intervenciones resultan a veces innecesarias. En ausencia del señor Carruth, él hace demasiadas cosas y, a menudo, me molesta su conducta. Si él se entera de que ha ido usted a la residencia de Los Alerces en mi lugar, me veré obligada a entrar en explicaciones que prefiero evitar. No puedo esperar hasta que él salga; sus movimientos son impredecibles, y el tiempo apremia. ¿Puede usted ponerse mi capa y mi sobrero y hacerse pasar por mí durante una hora?

La propuesta era tan peculiar y el asunto tan misterioso que vacilé. Ella se acercó mucho más, empezó a mostrar signos de inquietud y me susurró con sus labios pálidos:

—Dentro de unos días, un gran mal caerá sobre esta familia; ayúdenos en esta hora de necesidad y acceda a esta extraña solicitud al igual que se apiadaría usted de la criatura más triste que usted conociera.

—Lo haré, no tema, señora Carruth. Haré cualquier cosa que me pida, pero Steele me reconocerá si me encuentro con él.

—Deberemos correr el riesgo. Es usted de mi estatura y, en la penumbra, con un velo echado, pocos se darían cuenta de que es usted más delgada que yo. Usted puede imitar mis andares y, si se cruza con él, pasar a su lado en silencio, como hago yo a menudo. El carruaje se pidió hace media hora, así que por favor llame y dígale a John que lo acerque hasta la entrada. Normalmente salgo de esa manera con mis paquetes. Ahí están, no son muchos; he estado demasiado enferma para pensar en nada.

Hablaba con un entusiasmo febril. Se medio incorporó y me indicó dónde estaban su capa y su sombrero mientras se sujetaba la cabeza.

Un criado contestó a mi llamada y, tras darle las órdenes, ella le dijo:

—Dígale a Lizette que voy a salir y que no la necesitaré durante varias horas.

Me puse enseguida una falda de seda para tapar la mía, pues Steele la habría identificado al instante; me coloqué el manto de terciopelo, las pieles lujosas, el sombrero a la moda con sus plumas y, al dejar caer el velo sobre mi rostro, presentaba, incluso a mis ojos, la figura de una segunda señora Carruth.

—El disfraz es mejor de lo que esperaba. Oscurece rápidamente y, una vez fuera de la casa, estará usted a salvo. Deje que le susurre el mensaje: dígale al señor Carruth o a Augustine que madame ha estado aquí, y que deben estar preparados para verla en Año Nuevo. Nada más, salvo la razón por la que no he podido ir. Ellos entenderán lo del disfraz, y nadie se opondrá a que esté usted allí, salvo que Steele la haya seguido. No es probable que eso suceda; él acaba de llegar de Los Alerces y no regresará hoy. ¡Escuche, ahí está el carruaje! Vaya, que yo cerraré la puerta con llave hasta que usted regrese; ahora me voy a descansar.

—Pero ¿y si alguien pregunta por mí y no me encuentra? —dije, deteniéndome a coger la pequeña cesta con exquisiteces para el enfermo.

—Pensarán que ha salido usted a dar un paseo.

—El señor Steele sabrá que no es así.

—¿Tan de cerca la observa?

Sentí que me subían los colores, pero el velo lo ocultó y respondí con serenidad:

—Sí; me molesta mucho. Sin embargo, si hoy está al acecho, como ya he conseguido eludirlo un par de veces, se imaginará que lo he vuelto a hacer.

—Qué bondadosa es, Dios la bendiga —dijo, y, para mi sorpresa, la señora Carruth, que se había levantado para cerrar la puerta tras de mí, me abrazó y me besó con ternura.

Emocionada, le devolví el abrazo pues, pese a todos sus defectos, era una buena mujer y la compadecía; luego, me centré en la tarea que tenía ante mí, bajé las escaleras y llegué hasta la entrada sin mayores percances.

Cuando John cerraba ya la puerta del carruaje, oí cómo Steele le preguntaba:

—¿Sabe dónde está la señorita Snow?

—Creo que ha salido, señor, es su hora.

Me sonreí para mí misma al oír la respuesta de John y me eché hacia atrás a disfrutar del lujo del cupé, la suave calidez de las pieles y la emoción de aquella misteriosa mascarada.

Al principio, me deleité con el paisaje invernal; hacía varios días que no salía, pero el ocaso se acercaba con rapidez y no tardé en ponerme a meditar.

Sospechaba que el señor Carruth había acrecentado su fortuna mediante alguna transacción fraudulenta, que Steele lo había descubierto y que ahora este gobernaba a la familia con la amenaza de revelarlo todo; pero por qué les exigió tal promesa y lo que se ocultaba detrás del mensaje de madame era algo que no alcazaba a imaginar. El rápido paso de un jinete me despertó y, al mirar fuera, vi que habíamos dejado la ciudad atrás. Ahora la carretera serpenteaba por lo que parecía ser un parque privado, y supuse que mi viaje estaba llegando a su fin.

Tenía razón; pronto empezaron a parpadear luces a través de los árboles sin hojas y, girando hacia una avenida, el carruaje llegó hasta una casa que se elevaba oscura contra el cielo brumoso.

Deseaba llegar hasta el señor Carruth pasando lo más inadvertida posible, así que entré sin llamar. Había un criado leyendo en la entrada; era un hombre corpulento, con una actitud servicial y una cara patibularia.

—Deseo ver al señor Carruth.

—Lo siento mucho, señora, pero ha salido —me contestó el hombre, con una mirada inquisitiva.

—Me refiero al anciano señor Carruth.

—Precisamente, señora; ha salido.

—Creía que apenas salía… y nunca por la noche.

—Sí, señora, es muy poco frecuente que lo haga, pero asuntos importantes lo requerían en la ciudad y aún no ha regresado.

—Entonces veré al señor Augustine.

—Se fue con su padre, señora; el señor nunca sale sin su hijo.

No estaba preparada para esta circunstancia y me detuve a pensar. El hombre se frotaba las manos y, de pie, con una actitud de respetuosa atención, seguía observando mi rostro oculto tras el velo.

—Si los espero, ¿cree usted que podré verlos? —pregunté, reacia a irme sin haber realizado mi cometido.

—Me temo que no volverán esta noche, señora. Ya es muy tarde, y el señor no querrá viajar; además, hace frío y está muy delicado, ya sabe.

—Lo lamento mucho. No obstante, si es usted tan amable, dele esto de parte de la señora Carruth.

—¿Algún mensaje con la cesta, señora? —preguntó el hombre mientras cogía la cesta.

—No —contesté, sin atreverme a dejar la nota, por miedo a que la cosa fuese peor.

—¿A quién debo mencionar, señora?

—No es necesario dar ningún nombre.

Sintiéndome decepcionada yo misma, me consolé decepcionándolo a él; no me agradaban sus modales. Regresé al carruaje y partí de vuelta, con la impresión de haber escuchado una risita cuando la puerta se había cerrado tras de mí. No habíamos llegado muy lejos y el carruaje bajaba despacio por una colina, cuando la puerta del cupé se abrió silenciosamente y alguien se sentó a mi lado. «Steele», pensé, pero no era un hombre y, con la tenue luz que había, vi a una chica misteriosa, con aspecto de extranjera, de pelo castaño, joven y guapa, pero con aire decidido, que me inquietó más que su súbita intrusión. Al instante, empezó a hablar, con seriedad, pero respetuosamente:

—Tranquila, señora Carruth, no le haré ningún daño. Tengo mucho que decirle y solo he podido acceder a usted de esta manera, pues me vigilan.

—¿Quién es usted? —pregunté, con tono bastante firme después del susto inicial, pues sentía que podía hacer frente a cualquier cosa que tuviera apariencia femenina.

—Me llamo Marie Grahn.

—¿Y qué tiene que decirme?

—Que la señora Carruth está muerta.

Exhaló las palabras de manera aguda en mi oído, con un fuerte énfasis en la palabra «está».

—¿Qué quiere usted decir? Primero me llama señora Carruth, y ahora me dice que ella está muerta.

—Quiero decir lo que le digo. Usted piensa que no conozco su secreto, pero le demostraré que sí. Usted cree que la madre de Robert está viva, que ella es madame Duval y que usted no es la legítima esposa del señor Carruth; él también lo cree así, pero yo conozco la verdad y he venido a contársela.

La cabeza me dio vueltas durante un minuto. Aquella era una solución al misterio tan distinta de la que esperaba que, al principio, me desconcertó. Pero me recompuse rápidamente y, entendiendo el valor de tal descubrimiento para la familia, traté de aprovecharlo de la mejor manera posible.

—¿Cómo sabe usted que es verdad lo que afirma, jovencita?

—Lo averigüé. Déjeme que le cuente la historia lo más rápidamente que pueda, pues no hay tiempo que perder. ¿Le habló el señor Carruth de su primer matrimonio antes de la llegada de madame Duval?

—No.

—No era probable que lo hiciera, ni tampoco que dijese toda la verdad cuando lo obligaron a confesar. Su madre le hizo prometer que no se casaría nunca porque la locura está en la familia, pero, después de que ella muriera, faltó a su palabra y, estando en el extranjero, se casó con Thérèse, la hermana de madame. Ella era hermosa, pero pobre, y tenía un carácter muy fuerte… Él no tardó en cansarse de ella; se arrepintió de haberse casado con aquella mujer de manera tan impulsiva y se marchó. Thérèse prometió que nunca lo perdonaría; nunca lo hizo y, antes de morir, le hizo prometer a su hermana que le diría a él que el hijo también había muerto. El señor Carruth nunca habló a sus amigos de aquel matrimonio, y muy pocos en la pequeña ciudad francesa sabían que Steele no era su verdadero nombre, así que cuando él se enteró de la muerte de Thérèse y del niño, pensó que estaba a salvo de todo. Madame cuidó de Robert, pero, como odiaba al padre, nunca le contó al niño quién era aquel, y le enseñó a odiarlo igual que ella. Hace alrededor de un año, madame se enteró, de algún modo, de que el señor Carruth se había vuelto a casar, tenía hijos y era muy rico. Ella es una mujer astuta y cruel, y solo le importan el dinero y Robert. Ella pensó que Robert debía recuperar su apellido y sus derechos, por eso vino a América a reclamarlos. Le encantan las conspiraciones y se puso a trabajar en secreto. Se enteró de los problemas en la familia del señor Carruth, de que él estaba enfermo y débil, mental y físicamente, y se convenció de que, a través del miedo, podría exprimirlo mucho. Si él reconocía a Robert, ella obtendría mucho menos que si concebía con su retorcida mente otro plan. El señor Carruth nunca había vuelto a ver a madame, y no sabía que Thérèse tenía una hermana. Ellas se parecían mucho de jóvenes y, al hacerse mayor, Thérèse habría cambiado de un modo parecido al de madame, de modo que se presentó ante él y le dijo que era su esposa. Le dio tantas pruebas que él la creyó y, desesperado, le ofreció cualquier cosa a cambio de salvarla a usted y a sus hijos de la deshonra. Madame es precavida y, aunque no cedería nunca ante lo que considera sus derechos, le dijo que esperaría un poco y que se mostraría generosa. El resto ya lo conoce usted.

—¿Y Steele se unió a esta conspiración?

—Al principio, él no sabía nada, y no fue hasta después de dar su gran golpe cuando ella le contó que era el hijo del señor Carruth. A él no le gustó saberlo, pero ella sabía cómo trabajárselo. Ella se había portado bien con el joven, y él es agradecido; ella le enseñó a odiar a su padre; como él es vengativo, accedió a ayudarla y a devolver golpe por golpe. El plan había sido muy bien trazado y prosperó durante algún tiempo, hasta que vinimos nosotras a malograrlo. Thérèse murió de forma repentina entre extraños y, después de casi treinta años, cayó en el olvido, tal como pensaba madame, pues hizo averiguaciones y nadie del lugar recordaba nada, así que se vio a salvo. Sin embargo, mi abuela no lo había olvidado, ella había amortajado el cadáver y se había enterado de algo por unos papeles que tenía consigo la muerta. Cuando mis padres murieron, vinimos aquí a vivir con mi hermano y, hace seis meses, por pura casualidad, mi abuela se encontró a madame. Ella la conocía, porque madame había ido a recoger al niño cuando Thérèse murió. Unas pocas palabras le bastaron a madame para convencerse de que mi grand-mère podría traicionarla si se enteraba del complot; pues, aunque mi abuela solo conocía al señor Carruth con el nombre de señor Steele, que es el nombre que figuraba en las cartas de Thérèse, ella sospecharía si Robert lo llamaba en algún momento padre.

Ellos estaban muy preocupados, pero grand-mère estaba sorda, era muy anciana y su salud empeoraba rápidamente, y pensaron que ella no los molestaría durante mucho tiempo, así que esperaron y nos vigilaron de cerca.

—Ahora entiendo por qué les arrancó la promesa, por qué Steele los vigilaba tanto y por qué madame accedió a permanecer callada. Siga, siga, ¿cómo llegó usted a descubrir todo esto? —le pregunté casi sin aliento.

—Ah, eso es penoso de decir, pero lo haré. Seguiré su propio ejemplo y me vengaré por todo lo que él me ha hecho sufrir —respondió, con un gesto apasionado, y sus ojos brillaron en la oscuridad.

—¿A quién se refiere?

—A Robert. ¿Cree usted que podía verlo yo tanto y no amarlo? Él era amable, yo no tenía más amigos, pensé que se preocupaba de mí, y yo era feliz hasta que llegó esa mujer.

—¿Qué mujer?

—Él la llama Kate, es la enfermera o institutriz de su hija, él la ama, y yo… ¡Yo los odio a los dos!

No era una situación agradable para mí y bendije el disfraz que me protegía, pues la chica hablaba con gran vehemencia meridional y tenía aspecto de poder vengar su injusticia con una presteza igual de meridional. Yo deseaba desviar sus pensamientos y asegurar mi incógnito, así que le dije:

—¿Cómo me ha reconocido usted? Creo que nunca nos hemos visto.

—Lo vi a él montar una vez a caballo con usted; yo sabía que él iba a menudo a la casa que acaba usted de dejar, y la he visto a usted más de una vez cuando lo observaba a él, así que, cuando quise verla, supe dónde ir. No me atrevía a ir a su casa en la ciudad puesto que, desde de que llegó esa mujer, él siempre anda por allí.

—No me ha dicho usted cómo descubrió las intenciones de madame —le dije, sintiéndome ya más relajada.

—Cuando Robert empezó a ausentarse muchas veces y cambió tanto, me puse nerviosa y le pregunté a madame. Ella vive con nosotras para vigilarnos, aunque nosotras creíamos que era muy amable por su parte llevarnos a una bonita casa fuera de la ciudad y que se hiciera cargo del pago del alquiler. Ella se rio de mí y no me dio explicación alguna, así que yo también empecé a vigilar. A menudo, cuando ellos pensaban que yo dormía, escuchaba tras la puerta de madame y oía muchas cosas. Ellos pensaban que yo era una chica tonta, pero, al enamorarme, me volví una mujer celosa, y los engañé. Y oí hablar de esa tal Kate… Dígame, ¿es guapa?

—No mucho.

—¿Joven?

—Treinta años.

—Pero ¿es encantadora, inteligente, buena?

—No lo creo.

—Él sí. ¡Oh, Dios mío, cómo habla de ella! Podría haber golpeado la puerta mientras escuchaba, pero no me atrevía a traicionarme por el bien de mi grand-mère.

—Será imposible ocultar lo que me ha contado, pero no debe usted temer nada, ninguna de ustedes sufrirá.

—Grand-mère está ya a salvo, y no me preocupa lo que pueda pasarme a mí. Déjeme terminar, ya que debo irme. Yo no comprendía mucho de lo que oía, puesto que nunca supe nada de la historia de Steele; fui a ver a grand-mère buscando consuelo, y, cuando se lo conté, ella enseguida vio lo que tramaban. Ella se estaba muriendo lentamente, pero su mente era lúcida; ella me lo contó todo y me hizo jurar que vendría y se lo diría a usted. Pero no lo hice hasta que ella estuvo a salvo, pues la ira de madame es feroz, y el alma de mi pobre abuela debía poder morir en paz. Ellos han estado esperando su muerte durante muchos meses; ella murió anoche y yo he venido hoy mismo.

—Debería usted de haber venido antes, cuando ella todavía vivía para poder aportar las pruebas.

—No me atreví, pero cuando ella vio que quería protegerla, antes de morir me hizo escribir su historia delante de dos testigos. Este papel y mi testimonio serán suficientes para demostrar la traición de madame y, cuando todo se sepa, creo que el escándalo evitará que esa mujer se case con Robert, pues él dice que es tan orgullosa como encantadora. ¿Cree usted que ella se quiere casar con él?

—No, ella no lo ama, se lo aseguro. Ahora, dígame qué recompensa pide por esta revelación tan valiosa para mí…

—El dinero no puede comprar el corazón de Robert, y yo no quiero más que su corazón —dijo, y, sollozando, la chica se llevó las manos a la cara.

—Él no se merece sus lágrimas, Marie, deje que se marche y búsquese un hombre honesto que nunca la engañe.

—Él habría sido honesto si madame no lo hubiera echado a perder. Ella descuidó todo lo bueno que hay en él y alimentó todo lo malo. No es sorprendente que se haya convertido en lo que es. Yo pensé que podría salvarlo si lo amaba, pero esa mujer se interpuso entre los dos; ella hará el trabajo y ella obtendrá la recompensa. Él se convertirá en cualquier cosa por ella. Anoche mismo le pidió a madame que abandonara su plan y que dejase que él la mantuviese, porque quería ganarse el aprecio de Kate con una acción justa.

—¿Y madame no accedió?

—Eso es. Dijo que lo había arriesgado todo por él y que, habiendo prometido guardar el secreto, tenía que cumplir la promesa.

La chica dejó de llorar; decidida a lograr mi propósito, le pregunté con nerviosismo:

—Ese papel, ¿lo ha traído usted?

—Tenía miedo de sacarlo de su escondite hasta estar segura de que podía ponerlo en sus manos. No podría haber salido esta noche si madame no hubiese estado fuera y Steele acechando a esa mujer. Pero el documento está a buen recaudo, con las personas que fueron los testigos, gente de confianza; y, si viene usted al puente mañana a las ocho de la tarde, trataré de reunirme con usted allí.

—Bien, iré. Pero, Marie, ¿qué será de usted ahora que su abuela ya no está?

—No lo sé ni me preocupa. Madame prometió hacerse cargo de mí, pero no puedo quedarme con ella. Robert se ha alejado de mí, y yo no tengo ya deseos de vivir.

—Como no ha mencionado usted recompensa alguna, déjelo de mi cuenta, y mantenga el ánimo; y, mañana por la noche, la llevarán a un hogar seguro, mi pobre niña. Hasta entonces…

Antes de que yo pudiera terminar de hablar se fue, pues, al levantar la vista, vio que estábamos entrando en la ciudad y, sin mediar palabra, saltó hacia la oscuridad tan veloz y sigilosamente como había subido al carruaje, y me dejó sumida en una agitación febril. Entré en la casa con rapidez pero la señora Carruth no apareció; al ver a Steele me acordé de mi personaje y, al pasar junto a él incliné la cabeza en silencio. Él estaba apoyado en la entrada de la sala de estar, con un color inusual en las mejillas y un aspecto animado que me hizo pensar que él también acababa de llegar; rápidamente, me lo confirmó, cuando, al pasar junto a él, me saludó riendo.

—Buenas tardes, señorita Snow.

Me quedé sorprendida, pero conservé la dignidad, y continué como si se hubiera confundido en su saludo.

—Ella está al acecho —le oí decir; y luego subió las escaleras y se plantó ante mí, echó hacia atrás mi velo y me observó con aire divertido.

En ese momento comprendí la causa de su júbilo, que era el causante último de mi fracaso. Recordé el poder que había adquirido de manera tan singular sobre él y me sentí indiferente ante mi fracaso; y entonces él me preguntó con una sonrisa burlona:

—¿Ha tenido usted un agradable paseo?

Le respondí, modosa:

—Encantador, gracias.

—Me pregunto si hay algo que pueda conquistar su espíritu… La derrota no, por lo que parece.

—¡La derrota! —repetí, con una risa más alegre que la suya—. Lo mío ha sido un magnífico éxito…

No pude evitar un tono de exultación en mi voz, y resultó evidente que tanto mis maneras como mis palabras lo desconcertaron. La mirada curiosa y perpleja que puso me confirmaron que no sabía nada de los manejos de la chica y, ansiosa por saber cómo me había descubierto, le dije, con una expresión simpática:

—¿Qué le puso tras la pista, señor Steele? Pensé que había tenido éxito, pues solo usted me ha descubierto.

—Su personaje estaba muy bien llevado y el disfraz era perfecto, salvo por una cosa. La señora Carruth no tiene esos pies, ni tampoco sale así calzada.

Señaló mis pies. Miré y me di cuenta de que, con las prisas, había olvidado cambiarme las zapatillas. Me mordí el labio con irritación mientras él añadía con entusiasmo:

—El vestido los ocultaba al andar, pero al subir al carruaje, vi sus pies y lo supe todo.

—¿Y me siguió para que no tuviera éxito en mi empresa? ¡Eso es muy típico de usted! —exclamé al recordar al jinete que nos había adelantado como una flecha en la penumbra.

Él se rio de nuevo y, dando un paso atrás para que pudiera pasar, ignoró mi pregunta y, con malicia en sus ojos y en su voz, dijo:

—Reacio como soy a privarme de su compañía, creo que su doble debe de estar muy cansada de esperarla, así que le ruego que vaya a verla. No tengo curiosidad por saber la respuesta que le lleva, por tanto, pueden ustedes hablar en paz; pero permítame que le sugiera que, la próxima vez que vaya en misión secreta, se deje sus coquetas zapatillas en casa.

VI

SNOW CONTRA STEELE

Encontré a la señora Carruth esperando nerviosa y la llevé a un cuarto interior, donde era imposible que nos oyesen, y le conté toda la historia. Ella había sufrido tanto y estaba tan desesperada que cuando la esperanza llegó bajo la forma de mi relato, perdió los nervios; todo su orgullo y su control de sí misma se vinieron abajo y, durante un rato solo pudo expresar sus emociones con lágrimas y agradecimientos entrecortados.

Cuando estuvo ya más tranquila, nos dimos consejos mutuamente, ya que, ahora que la casualidad había revelado su pena oculta, era natural que buscara consuelo y confiara completamente en mí.

—He llevado una pesada carga, pero la merecía —dijo—. Dios sabe que mi orgullo era grande y que necesitaba humildad, pero le doy gracias a Él por haberme librado de esta aflicción. Al principio la llevé sobre mí, y pensaba que era demasiado amarga para permitirme expiar mi temprana ambición, mi retorcida terquedad. Podía soportar la pena, pero la vergüenza me oprimía y, cuando creí que mis hijos quedarían deshonrados, pensé que el castigo era injusto y me desesperé. No le sorprenderá a usted que mi marido sea un hombre roto que se esconde del mundo y que anhela la muerte; y que yo estaba dispuesta a salvar a Amy de la tormenta que se avecinaba a costa de la verdad, y que hice todo lo posible por retrasar la hora que haría de todos nosotros un objeto de lástima y de desprecio…

—Solo me sorprende que lo soportara como ha hecho, pero no seré yo quien la condene hasta haber sido puesta a prueba con igual severidad —le contesté suavemente, mientras sujetaba su temblorosa mano.

—Ni una hija podría haberme sido más fiel —continuó—. Le debí de parecer ciega y fría, pero lo veía todo, y la amé aún más por ello; no me atrevía a mostrar mis sentimientos hacia usted, pues es usted una criatura de una naturaleza tan fuerte y, aun así, tan compasiva que sabía que estaría tentada de romper mi promesa y convertirla a usted en mi confidente.

Fue muy agradable oír estas palabras de una mujer a quien yo tenía por insensible y, verdaderamente, disfruté de mi recompensa. Pero, impaciente por sacar provecho de la buena fortuna que nos acompañaba, alejé esos pensamientos suyos del pasado y los acerqué a los peligros y deberes del presente.

—Debemos poner a buen recaudo ese documento sin levantar las sospechas de Steele. Si mantengo la cita con Marie, él me seguirá y lo descubrirá; por tanto, debe ir usted, señora Carruth, mientras yo lo mantengo aquí.

—¿Cómo puede hacer que se quede? Él solo obedece a esa detestable mujer francesa.

—Creo que se plegará a mi voluntad.

Una sonrisa por el consciente poder que ejercía sobre él asomó involuntariamente en mis labios. Ella la vio y, con una expresión casi maternal, dijo:

—Señorita Snow, por los cotilleos de Lizette y por mi propia observación, estoy segura de que Robert la ama. Espero, de verdad lo espero, que usted no esté interesada en él.

—No lo estoy, y lo demostraré haciendo todo lo posible por derrotarlo y castigarlo a él y a su cómplice. Creo que tengo más influencia sobre él que esa mujer y, por un día, fingiré lo que no siento para conseguir mi propósito. Es una tarea desagradable, pero no hay otra forma de mantenerlo aquí mientras ponemos ese papel a salvo. Hay que hacer frente a la estrategia con estrategia y, por nuestro bien, me rebajaré a una breve mentira.

—Sé que le será perdonada, y yo nunca podré olvidar su bondad conmigo y con los míos. Cuénteme su plan, que yo no fallaré en mi parte. ¿Cómo lo detendrá usted en mi ausencia, y cómo sabré yo que él está donde debe estar?

—Hace algún tiempo que ya no baja a reunirse conmigo en el saloncito, pero a pesar de que adopta un aire indiferente, sé que arde en deseos de volver a verme allí, y una palabra mía lo atraerá. Hasta ahora, todo esto me convenía y no he hecho nada por verlo, pero ahora lo haré y, una vez en el saloncito, puedo mantenerlo durante horas, a menos que esté muy equivocada. Cuando se acerquen las ocho, preste atención; si nos oye usted, salga enseguida; si él no se queda conmigo, yo iré y la avisaré; pero él se quedará.

—Habla usted con seguridad, señorita Snow, y, si no me equivoco al interpretar su rostro, esta tarea no es del todo desinteresada. ¿Se ha convertido él en un enemigo, a pesar del amor que siente por usted?

—Le confesaré que me produce cierta satisfacción femenina burlarlo, puesto que él me desafió a hacerlo. Él me ha contrariado e irritado a menudo, y lo detesto con toda mi alma por su injusta y egoísta actitud hacia todos ustedes. Puede que el señor Carruth sea indulgente con él porque es su hijo, pero se merece una buena lección, y la va a tener.

—Sí; lo justo es que sufra él, y usted sabrá vengarnos mejor que nosotros mismos. Una cosa más… Madame vino a decirme hoy que no podía esperar más tiempo; la muerte de la anciana explica tal cosa. Nos pidió a todos que nos reuniéramos con ella en Año Nuevo para que asistiéramos a sus regocijos y nos preparáramos para la desgracia que nos esperaba. Deseaba que mi marido supiera esto enseguida, no fuera que una repentina cita en el último momento lo incapacitara definitivamente para el encuentro. Pero ya no me preocupa avisarlo, la alegría no puede hacerle daño y la noticia hará que sea bienvenido de nuevo a casa después de su triste exilio. Dejemos que madame y Robert vengan a casa para encontrarse con la derrota y no con la victoria, y que el nuevo año comience para todos nosotros con libertad y alegría.

A continuación salimos, cada una resuelta con nuestro propósito, cada una ilusionada con el éxito que nos prometíamos y, después de pasar media hora tranquila en mi habitación, bajé para comenzar el trabajo de reconciliación con mi amante despechado. Él estaba deambulando incansablemente por las habitaciones, pero me vio al instante y se acercó con un aire despreocupado que no podía ocultar el verdadero entusiasmo que sentía. Me detuve en lo alto de las escaleras que llevaban al saloncito, miré por encima del hombro con una sonrisa y, medio con timidez, medio con tristeza, le dije:

—¿Lo espero o cenaré sola?

Él no pudo ocultar la satisfacción que le produjeron estas palabras, pero negó con la cabeza y dijo fríamente:

—Los tragos que usted me hace tragar son amargos. No volveré nunca.

—Pero los tragos amargos son saludables y, a veces, uno encuentra dulzura en el fondo de la copa si tiene el coraje de apurarla hasta el final.

Lo invité con la mirada mientras bajaba; él dio un paso impulsivo hacia mí, pero se lo pensó un momento y, girándose rápidamente, cogió su sombrero y salió de la casa como si hubiese tenido miedo a quedarse. Me quedé satisfecha pues sabía que, habiendo aliviado su orgullo herido con una primera negativa, una segunda invitación sería aceptada con toda seguridad.

Al día siguiente, Elinor estaba de mal humor y deseaba estar sola, de modo que yo quedé libre, así que decidí emplear mi ocio en algún propósito. Hacía buen día y, poco después de desayunar, salí convencida de que Steele me seguiría. Lo hizo, pero con tanta habilidad que, de no haber estado pendiente de ello, nunca me habría percatado. Disfrutaba maliciosamente con el placer de excitar su curiosidad y agotar su paciencia; lo llevé a lo largo de una intrincada persecución y completé su turbación esperando en una esquina pacientemente hasta que él estuviera a punto de doblarla, y entonces aparecí frente a él y, con una mezcla de ira y sumisión, le dije:

—Señor Steele, hoy no estoy de misión secreta, pero si quiere saber adónde voy, camine conmigo como un caballero y no me siga como un policía.

—Gracias, lo haré con mucho gusto —dijo, y, descubriéndose, se giró para acompañarme.

Por la serenidad con que se lo tomó supe que estaba avergonzado, pues me obsequió con unas disculpas.

—Como es usted la verdad en persona, señorita Snow, debo creerla y tratar de suavizar su desagrado explicándole que los asuntos de los Carruth y los míos se encuentran ahora mismo en un estadio muy crítico, y mi ansiedad me hace estar inquieto, suspicaz y descortés. Pronto, muy pronto, esta confusión habrá terminado y verá usted mi verdadera naturaleza.

—Lo espero de todo corazón.

Hablé con energía, pero cuando él me llamó «la verdad en persona» con ese tono de confianza, me remordió la conciencia y experimenté un sentimiento culpable de traición.

—Entonces, ¿se interesa usted un poco por mí...? Eso me agrada, lo confieso, pues la ira que usted suscita no tarda en desaparecer y, si no puedo obtener otra cosa, aspiraré a su estima.

—Es usted orgulloso como Lucifer, pero habiéndose humillado hasta hacer una confesión, yo haré lo mismo. Señor Steele, desearía... —Entonces hice una pausa para escoger mis palabras, y él exclamó con el ímpetu contenido en su rostro y su voz:

—Desearía ¿qué? Hable libremente, Kate. Hoy estoy de humor acomodaticio, aprovéchelo.

—Bien, entonces, desearía sinceramente que seamos amigos de nuevo, al menos mientras vivamos en la misma casa. Quiero quedarme con Elinor... Aquí soy feliz, pero tendré que irme a menos que todo esto cese...

—Cese ¿el qué?

—Ya lo sabe, no es necesario que le diga que me disgusta verlo tan cambiado, sentir que nunca me perdonará, descubrir que me vigilan, que desconfían de mí y que le desagrado a alguien que ha sido tan amable conmigo y por quien siento gratitud, aunque no la pueda mostrar.

—¿Es esta su confesión?

—Sí, hasta le concederé que sus habilidades han superado a las mías y que, después del día de hoy, no me opondré más a usted, pues estoy cansada de misterios e intrigas.

—¿Admite entonces su derrota y lamenta su desafío?

—Sea generoso y ahórreme todo esto, pues de otro modo puede que me arrepienta y hasta me dé por desafiarlo de nuevo.

—Casi desearía que lo hiciera, resulta usted especialmente cautivadora cuando se la azuza y aflora su espíritu. No sé en cuál de sus diferentes estados de ánimo me gusta más, todos me agradan tanto…

—Yo sé cuál de los suyos me gusta más.

—Dígamelo, y trataré de estar siempre así cuando esté usted cerca.

—El acomodaticio; le sienta bien, y me gusta ver el lado bueno de su naturaleza, pues aún no he perdido del todo mi fe en ella. ¿Me concederá usted mi deseo y será usted amable durante el poco tiempo que estemos juntos? Por favor, diga que sí.

Lo miré con la mirada de confianza que más le gustaba porque tan pocos ojos se la ofrecían, y, mientras su rostro se encendía y su voz se volvía dulce, me contestó:

—¿Cómo puedo decir que no a lo que más deseo? Me hará un desgraciado, pero tengo el coraje de seguir apurando la taza, con la esperanza de que después de la amargura encuentre la dulzura.

Cuando repitió mis palabras, mis mejillas se encendieron, bajé la mirada y volví la cabeza al sentir que mi empresa era más difícil de lo que pensaba. Él notó el cambio y se rio en voz baja, como para sí mismo… Pero no con aquella risa burlona tan suya, sino de una forma alegre e ilusionada, que habría emocionado al corazón de cualquier mujer.

—¿Por qué se sonroja y por qué baja su velo, Kate? ¿La he vuelto a ofender?

—No, estoy cansada; me voy a casa.

—¿Puedo ir con usted?

—Lo pide usted con humildad y, por tanto, puede venir.

—Está resbaladizo; ¿acepta usted mi brazo? Una vez se lo pedí como un acto de renuncia, ahora se lo ruego como un favor.

Tomé su brazo y, recuperándome de mi ataque de remordimiento, me esforcé por resultar lo más encantadora posible; y lo hice con tal éxito, que mi acompañante pronto estuvo de un humor excelente. Según nos acercábamos a la casa, aflojó su ya de por sí lento caminar y me dijo:

—Habiendo accedido a su deseo, soy lo suficientemente audaz como para pedirle que me conceda usted uno.

—Dígame.

—¿Daría usted un paseo conmigo esta tarde, solo como una forma de ratificar nuestro tratado de paz?

—Elinor querrá estar conmigo.

—¿Pero si ella no quiere?

—La señora Carruth se opondrá.

—La señora Carruth se opone a menudo, pero al final cede.

—Los sirvientes cuchichearán.

—¡Puaj! ¿Y qué?… A ninguno de los dos nos importa.

—Sus amigos se reirán de usted si ven un sombrero pasado de moda en su bonito carruaje.

—No, si ven el rostro bajo el sombrero.

—La seis señoritas Carrol le harán la vida imposible después de esto.

—¡Al diablo las chicas Carrol! Ya lo hacen. Por favor, diga que sí, Kate. Es la palabra más dulce que puede pronunciar una mujer.

—Qué hombre más persistente; lo pensaré.

—¡Bien!… Eso significa que vendrá usted. La esperaré a las tres.

A las tres fui, pues Elinor no me necesitaba y la señora Carruth no se opuso.

Mientras cubría mis pies con pieles y los briosos caballos pateaban sobre el campo, Steele, con una sonrisa intencionada, dijo:

—¿Quiere venir usted a Los Alerces, Kate?

—No; un rechazo ya me bastó; pero puede usted tranquilizarme un poco si me dice si el señor Carruth y su hijo estaban allí anoche.

—¿Debo decir la verdad?

—A mí, siempre.

—Lo haré; estaban allí.

—¿Y usted hizo que el criado me rechazara?

—Sí.

—Fue usted entonces el hombre que me adelantó en la carretera.

—Sí, y casi echo a perder a mi caballo al hacerlo.

—Me alegra. ¿Por qué lo hizo?

—Prefiero no decírselo.

—No es necesario; sigamos.

Adonde fuimos nunca lo supe, pues estaba tan resuelta a mantener la conversación que no presté atención ni al cielo ni a la tierra y hablé prolijamente de todos los temas que pude, excepto de amor. Para Steele el trayecto estuvo lleno de encanto, pues cierta esperanza había surgido dentro de él, y cada mirada y palabra amable mía la fortalecían. Esto me preocupaba, pero aun así encontraba cierta satisfacción en darle algo de placer antes de tener que infligirle mucho dolor, pues ninguna mujer puede permanecer insensible cuando un hombre le entrega todo su corazón, por malo que sea el hombre. Durante aquella hora me mostró muchos rasgos buenos de su carácter que nunca había sospechado y, cuanto más lo veía, más lástima me daba y más culpable me sentía. Cuando llegamos a casa, a primera hora del ocaso, me dijo, mientras subíamos hacia la puerta:

—¿La veré de nuevo esta noche?

—No, a menos que baje usted como hace de costumbre.

—¿Me echa usted de menos, Kate?

No respondí, y él soltó de nuevo esa risa alegre y entusiasta.

—¡Ah, ya veo…! Demasiado honesta para decir que no y demasiado orgullosa para decir que sí. ¿Puedo ir pues?

—Si se atreve —dije, y con eso lo dejé, segura de que aparecería a la hora de siempre.

Después de leerle algo a Elinor para que se durmiera, me vestí con mucho cuidado y, al encontrar el saloncito vacío, me senté al gran piano y toqué lo mejor que sabía, convencida de que no tardaría en tener un oyente.

A Steele le encantaba la música. Yo había cantado para él una o dos veces anteriormente y conocía sus gustos. Ansiosa por prolongar ese «estado de ánimo acomodaticio», repetí todas sus canciones favoritas e, inmediatamente, una mirada de reojo al espejo me confirmó que mi encantamiento musical había hecho aparecer al espíritu que deseaba. Él estaba de pie detrás de mí, escuchándome, y, mientras lo hacía, sobre su rostro se dibujaba una extraña expresión que lo hacía singularmente atractivo. Fingí no ser consciente de su presencia hasta que le vi levantar la mano con un gesto impulsivo, como si fuera a tocarme la cabeza con una caricia. Entonces, yo dije de repente:

—¿Se me ha soltado el peinado, señor Steele?

Bajó la mano y, acercándose a mi lado, exclamó, con cara de agrado:

—¿Sintió usted que estaba cerca al igual que me sucede a mí con usted?

—Lo vi en el espejo.

—Lo había olvidado, entonces mi imaginación se equivoca. Diría que no tiene usted sentimientos de no ser porque pone tantos en su música que sería capaz de emocionar hasta una piedra y hacer que el propio Augustine se olvidase de sí mismo.

—Entonces no cantaré más esta noche —dije, y, al darme la vuelta, vi nuestras dos figuras reflejadas en el espejo. La mirada de Steele siguió la mía y, después de un instante de silencio, me preguntó con una repentina sonrisa:

—¿Qué parecemos?

—Un par de amigos, espero.

—Un par de enamorados, creo yo.

Así era, y apenas me reconocí a mí misma cuando miré. La emoción del momento le daba a mis ojos un brillo inusual, a mis mejillas un color inusual, a mis labios una sonrisa inusual, a mi actitud una energía que contrastaba con mi tranquilidad habitual, a la vez que la flor en mi pelo, los adornos que llevaba, el alegre vestido que había sustituido al traje sencillo de diario, todo ello me hacía tener el aspecto de hacía años, cuando me regocijaba por ser hermosa. Steele estaba a mi lado y, si nunca lo hubiera considerado guapo hasta ese momento, tendría que haberlo hecho entonces, pues todo lo que era varonil en él había despertado, y el amor tocaba sus finos rasgos con el brillo mágico que vuelve hermoso lo más vulgar. Aquel rostro feliz era un reproche para mí, y volví la vista con un suspiro inconsciente.

—Eso ha sido un suspiro de arrepentimiento, Kate. ¿Acaso lamenta usted haber sido cruel conmigo? —dijo en voz baja.

—Empiezo a pensar que sí —respondí con sinceridad.

Caminó por la amplia habitación y, regresando a mí, me hizo una pregunta que me hubiera parecido extraña de no poseer yo la llave de sus pensamientos.

—¿Ama usted la comodidad y el lujo, Kate?

—¿Qué mujer no?

—¿No le gustaría una casa como esta…, saber que nunca sentiría la sombra de la pobreza, el peso de la servidumbre, el frío de la soledad de nuevo…, la seguridad de que la amarían con ternura toda la vida y que se convertiría en la salvación de un semejante?

La aparición de un sirviente me ahorró tener que responder. Este anunció:

—Un caballero desea verlo, señor.

—Dígale que estoy ocupado.

—Ya lo veo —dijo una voz extraña, y el dueño de esta avanzó con una sonrisa de complicidad—. Mi querido amigo, debe usted perdonarme por interrumpir tan encantador tête-à-tête, pero es un asunto importante, y no lo entretendré más de cinco minutos.

Steele frunció el ceño impaciente y accedió al ruego, y yo los dejé, dándole gracias en mi interior al insistente caballero por ayudarme a salir del apuro y deseando seriamente que se quedase un buen rato y no me metiera en otro apuro aún peor.

El saloncito tenía una luz cálida y brillante, y yo me esforcé para que permaneciera así, corrí las cortinas, acerqué dos sillas a la chimenea, puse mis libros y mis labores en una pequeña mesa, dejé preparados los periódicos de la tarde y avivé el fuego hasta que un brillo rojizo inundó la habitación. Todo estaba preparado, pero Steele no vino. Escuché a los pies de la escalera y oí un murmullo de voces que venía hasta mí. Eran más de las siete y la señora Carruth estaría poniéndose nerviosa, pero ella no podía moverse, con las puertas del saloncito abiertas y aquellos amables ojos de Steele vigilando. Empecé a temer que había sobreestimado mis poderes, que Steele había adivinado mi jugada y había descubierto nuestro plan. Más de una vez estuve a punto de subir, pero ¿qué podría haber hecho una vez allí? Varias veces estuve tentada de ir a reunirme con Marie yo sola, pero no habiendo conseguido burlar a Steele en tantas ocasiones, no podía arriesgarme ahora a ser descubierta. Por fin, cuando dieron las siete y media, me dejé caer sobre una butaca y, apoyando mi cabeza sobre los brazos, traté de ser paciente. Estaba muy cansada. Había sido una semana llena de emociones, un día de esfuerzos… Tenía los nervios agotados, el ánimo abatido, y el temor a la decepción hizo brotar algunas lágrimas en mis ojos mientras el tiempo seguía pasando en el reloj y nadie venía. Me reprendí por haber sido tan débil, pero no pude contenerme y al final agradecí haber cedido.

—Por fin se ha ido el pesado. Ha hecho bien, pues cinco minutos más y habría tenido que echarlo.

Cuando Steele entró apresuradamente yo me puse de pie y el alivio me hizo exclamar:

—¡Pensé que nunca vendría!

—Entonces, ¿quería usted verme? Usted misma se ha traicionado, Kate; estaba llorando cuando yo entré.

—Creo que estaba medio dormida, cansada de esperar.

—¿Llora usted en sueños y se sonroja de placer cuando la despiertan?

—Venga y tome su té, señor Steele.

—No me apetece; que se lo lleven y hablemos un poco antes de que me vaya.

—¿Tiene usted que salir? Hace frío y nieva, y yo creía…

—Que me quedaría, ¿tal vez? Se está a gusto aquí, pero debo salir…

—Vaya entonces. Puedo pasar la tarde muy a gusto sola.

—¿No quiere estar Elinor con usted?

—No.

—¿Con qué se entretendrá pues?

—Leyendo y trabajando, supongo, y yéndome a dormir…

—¿Y llorará de nuevo por mí, Kate?

—Se hace usted ilusiones, señor Steele.

—Ahora es de nuevo la señorita Snow, imponente y fría como la Jungfrau.

—La nieve se derrite —repliqué con una sonrisa.

—Y el acero se dobla —contestó él, en un tono más alegre—. Admita que desea que me quede.

—Bien, lo hago.

—¿Por qué?

—Prefiero no decírselo.

—¿Dónde están su orgullo y su pasión? Parece usted tímida, sus ojos evitan los míos, y es usted una persona completamente distinta. ¿Qué significa todo esto?

No respondí, pero mi cara pareció satisfacerlo, y el silencio me fue más útil que las palabras. Él se había ido hacia la puerta; entonces se giró, tendió su mano y, en un tono autoritario que, en otro tiempo me habría enfurecido, dijo:

—No hace mucho le rogué que se quedara conmigo, y usted no lo hizo; ¿se redimirá usted por ello pidiéndome hoy que me quede?

—Si sigue usted entendiendo que somos solo amigos…

Él se rio.

—Esa clase de amistad me parece estupenda. Entonces, dígame que me quede y llámeme Robert. Solo dejo que lo hagan aquellos que se preocupan por mí.

Sonaron los cuartos en el reloj de pared; oí acercarse al carruaje; en un momento, habría podido arruinarse todo, y yo había hecho una promesa. Protestando para mis adentros, pero expresando sumisión, me acerqué a él y, cogiendo su mano, le dije mansamente, mientras lo acercaba al asiento:

—Por favor, Robert, quédese.

Él cedió al instante, acercó mi silla y se sentó, con un aspecto de sumo júbilo. Yo volví a mis labores, consciente de que mi actitud medio arrepentida, medio decidida me daba la apariencia de ser una mujer que alberga secretas emociones de amor, duda o pudor. Él creyó en las tres cosas y se entusiasmó, pensando que yo me arrepentía de haberlo rechazado, pero que era demasiado orgullosa como para admitirlo.

—Kate, me doy cuenta de que es usted una coquette —dijo, mientras se apoyaba en el brazo de mi silla y observaba los movimientos de mis dedos mientras yo intentaba coser.

—Y yo de que es usted un tirano.

—Lo soy, así que debo obtener una respuesta a mi pregunta.

—¿A cuál?

—La que le he hecho en el piso de arriba. ¿Debo repetírsela?

—No; la contestaré si usted me dice algo antes… Algo sobre lo que siento curiosidad. ¿Adónde iba a ir esta noche?

—A ver a una dama.

—¿Hermosa?

—Una hermosa mujer para su edad.

—Entonces, no es joven.

—No.

—¿Una amiga?

—Sí; la única que tengo además de usted.

—¿Se preocupa usted mucho por ella?

—No tanto como solía. Sé que esto le agrada, y no tiene usted por qué parecer desdeñosa. Sé por qué lo pregunta y le agradezco que sea celosa; es un buen síntoma.

—Le ruego vaya a ver a esa mujer. Si no, ella se llevará una decepción.

—No mucho; puede esperar. La pequeña se inquietará, pero lo mismo da verla mañana.

—¿Qué pequeña…? ¿La hija de la dama?

—No, la joven que se aloja con ella. Es una romántica, y me ve como a un héroe… Una triste ilusión, pensará usted…

—Espero que sea usted bueno con ella, que la haga feliz en su ilusión y trate usted de ser lo que ella cree que es.

—Una vez pensé que debía de casarme con ella, pero ya no me agrada la idea; es demasiado simple, demasiado dócil, es apenas una chiquilla; he encontrado algo mejor…

—Habla usted como un sultán en un mercado de esclavas. ¿Me sujeta esto, por favor?

Le ofrecí una madeja de seda, con la intención de retenerlo, al menos, durante una hora más. Él la cogió y, de inmediato, se convirtió en una maraña inextricable en la que me puse a trabajar concienzudamente, sin conseguir sacar nada adelante.

—Una situación simbólica —dijo él sonriendo—. Me tiene usted prisionero, y ahora no puede deshacer los nudos que ha ido haciendo. Una vez trató usted de romperlos, pero aquello nos hizo daño a los dos; ahora, trata usted de deshacerlos suavemente, y tampoco funciona. ¿Quiere que le enseñe cómo salir del enredo, Kate?

—No, gracias. Puedo desenmarañarlo antes de lo que usted cree.

—Entonces tire y, mientras tanto, deme usted la respuesta a mi pregunta.

Pensé que la había olvidado; al ver que no era así, no traté de evitarla más, pues la mejor forma de interesar a la gente es llevarla a hablar de sí misma.

—Todo lo que usted describió sería muy bien recibido, si pudiera obtenerlo de forma honesta —le dije silabeando mis palabras.

—¿Qué significa eso? —dijo, y vi su mirada aguda sobre la madeja escarlata que había entre nosotros.

—Significa que, a menos que estuviese muy segura de amar a la persona que me hiciera esos presentes, no me atrevería a aceptarlos. Por amor, me refiero a algo más que al sentimiento de atracción y encanto que le hacen a uno disfrutar del placer de la compañía del otro… Ese es solo el comienzo, pero al final debe haber plena confianza y respeto, si uno quiere ser feliz.

Él pareció sopesar mis palabras y, rápidamente, dijo con seriedad:

—¿Es imposible entonces para un hombre que no sea del todo malo ganarse el corazón de una buena mujer, si sabe esperar y trabajar y, a través de ella, sabe apreciar la belleza y el valor de la virtud?

Ahora podía ser yo misma, ahora podía hablar con franqueza, y lo hice, con la esperanza de ayudar al lado bueno de su persona, a pesar de que, a la vez, estaba traicionando al lado malo.

—Todo es posible en el amor, y se gane o se pierda un corazón, ninguna mujer podría arrepentirse de haber inspirado un deseo de virtud en el alma de cualquier hombre… Por eso, y solo por eso, vale la pena vivir. Créame: luche por ello y obtendrá su recompensa —dije con fervor.

Por primera vez, vi sus amables ojos empañarse, temblar sus firmes labios y, en su rostro, aparecer una humildad que lo ennoblecía como nunca habían hecho su orgullo o su encanto. Y entonces preguntó en un tono alterado:

—Pero si para obtener esa recompensa debiera sacrificarse mucho… amigos, posición, fortuna, la buena opinión del mundo, tal vez el corazón más deseado… Entonces, ¿cómo sería eso posible, Kate?

—Mejor pobre y honesto que rico y vil. Los amigos, si son sinceros, se mantendrán cerca, la posición, a los ojos de Dios, será más elevada, la fortuna no puede llevársela uno cuando muere, la opinión del mundo se sustenta si uno se encomienda a la conciencia y si se mantiene la integridad. Ya ve, la maraña ya se ha desenredado y es usted libre.

—Todavía no; está más enredada que nunca.

La seda estaba enrollada, y retomé la labor; pero Steele se arrellanó en la silla y se quedó mirando el fuego; parecía haberse olvidado de mí en un ensueño repentino. Yo me quedé quieta, sentada, contenta de poder descansar y, mientras él seguía perplejo tejiendo alguna idea en su cabeza, yo continué cosiendo plácidamente y contando los minutos que transcurrían.

Se quedó así sentado durante mucho tiempo, sordo al ruido del carruaje cuando regresó y ciego a la visión de Lizette, que apareció en la puerta; pero ella comprendió la situación con la rapidez de una francesa y se habría marchado silenciosamente, si yo no le hubiera preguntado qué quería.

—A mi señora le gustaría verla, señorita Snow, si no tiene nada que hacer.

—Iré enseguida.

Ella se fue y, con un largo suspiro de alivio, yo me levanté para seguirla. Entonces Steele se puso de pie, miró el reloj y exclamó como lamentándose:

—¡Las nueve ya! ¿En qué se ha ido esta hora?

—Yo la he pasado muy provechosamente, como demuestra mi labor —dije, mientras recogía mis libros y la cesta de costura.

—Yo también, como podrá ver usted, por ocioso y negligente que le haya parecido. Era tan agradable estar aquí sentado junto a usted; con la sensación de que era usted mi amiga, olvidé que debí de parecer descuidado y desagradecido, pero le demostraré que no lo soy en absoluto. La última vez que nos despedimos aquí, le dije que antes de una semana se arrepentiría usted de su respuesta. ¿Acaso no tenía yo razón?

—Se lo diré mañana —le contesté, impaciente ya por irme.

—¡Mañana! —repitió él con énfasis—. Sí, creo que lo hará, y será una contestación amable, pues entonces me conocerá usted mejor. Buenas noches, Kate; le deseo felices sueños.

—Buenas noches, Robert; le deseo sueños más felices que los míos.

Le di la mano con la sensación de que no volvería a llamarme amiga nunca, y lo dejé, sin sentirme triunfante, pues bien sabía que por la mañana él vendría hacia mí como el hijo y heredero del señor Carruth y, poniendo toda su fortuna a mis pies, me pediría que le dejara ganarse mi amor.

Subí cansada y me enteré de que el documento estaba ya en lugar seguro. Lo leí, prometí estar presente cuando saliera a la luz y luego me fui a la cama, todavía torturada por el rostro cambiado de Steele cuando se había sentado cerca de mí en el agradable saloncito.

VII

EL AÑO NUEVO DE ELINOR

Pasé todo el día siguiente tratando de evitarlo cuidadosamente y dedicándome por completo a Elinor, que había salido de su melancolía y se encontraba inusualmente tranquila y dulce. Temíamos contarle lo que había sucedido, no fuera a ser que eso la excitara, pero ella parecía sentir la alegre influencia de nuestra felicidad, pues, cuando Augustine y Harry vinieron para desearle un feliz Año Nuevo, cada uno con un regalo, ella les dijo:

—Será feliz, estoy segura de ello, y no os causaré más aflicción pues creo que me pondré bien. Kate lo predijo, y ella siempre tiene razón.

Tan ilusionada hablaba y con tanta tranquilidad sonreía que todos nos regocijamos por su creencia de que superaría la enfermedad a pesar de nuestros presentimientos. Los hermanos se quedaron un rato y, cuando se despidieron de forma inusualmente afectiva, ella los rodeó con sus brazos y les dijo con ternura:

—Bésame, Harry; bésame, Augustine, y rezad ambos para que mi nuevo año sea tranquilo y feliz.

Después de que se fueran, ella se sentó y permaneció en silencio durante una hora, con un aspecto plácido que sosegó mi propia inquietud secreta. Por fin, habló, súbita, pero serenamente.

—¿Está mi padre hoy aquí?

—Creo que sí, querida.

—Deseo verle, ¿cree usted que vendrá?

—Sí, ¿voy y pregunto por él?

—Sí, por favor; dígale que ahora soy la Elinor de antes y que deseo mucho verlo.

—¿Está el señor Steele en casa, Hannah? —pregunté al pasar por la habitación en la que ella solía sentarse con su eterna labor de ganchillo.

—No, señorita, dijo que no regresaría hasta la noche.

Muy aliviada, fui a realizar mi encargo con la esperanza de que no fuera infructuoso. Era ya a la caída tarde; la cena había acabado y una puesta de sol espléndida llenaba de luz la gran sala de estar; las puertas estaban abiertas y, mientras avanzaba, vi lo que nunca antes había visto en esa casa. La familia reunida. El señor Carruth había vuelto, en el doble sentido de la expresión, y, sentado en su propio hogar, parecía otro hombre. Su esposa se hallaba de pie junto a él, como si estuviera contenta de ocupar de nuevo su lugar; tenía una mano sobre su hombro y, con la otra, le acariciaba el pelo blanco mientras lo miraba con una expresión que embellecía su rostro cansado. Harry estaba echado en el sofá, pálido y agotado, pero alegre de nuevo, ya que se estaba riendo de Augustine, mientras este trataba de colocarle los cojines con fraternal diligencia y se reía con él. Era una escena hogareña y feliz, donde tan solo faltaba la presencia de las hijas para que fuera completa. Ellos parecían haberse dado cuenta de dicha ausencia y habían hecho todo lo posible para colmarla, pues habían retirado las cortinas que cubrían los cuadros de Amy y Elinor, y su belleza juvenil brillaba intacta a pesar de los años que la habían alterado. Cuando entré, me quedé muy sorprendida y emocionada por la cálida bienvenida que me dieron todos. El señor Carruth vino a recibirme y me llevó hasta su esposa, que me saludó con un beso maternal, Harry extendió ambas manos y Augustine puso las suyas sobre mi cabeza, como si me bendijese. Antes de que pudiera encontrar algo que decir, la señora Carruth habló de la forma más bondadosa:

—Feliz Año Nuevo, Kate, ¿dejarás que lo hagamos más feliz para ti y te ofrezcamos estas muestras de gratitud por unos servicios que recordaremos durante mucho tiempo?

Me condujo a una mesa y, allí, vi costosos regalos de cada miembro de la familia, pues se habían adelantado al agradecimiento de Amy; e, incluso, la pobre Elinor se había acordado de mí. Sin habla por la emoción, los examiné y, cuando abrí el sobre que contenía el regalo del señor Carruth, su munificencia me sobrepasó, y solo pude llorar.

—No, por favor, por favor, querida… —dijo él—, tan solo es una cosita para que esté a gusto cuando te canses de hacer que los demás lo estén. Hay cosas que el dinero no puede comprar, pero a veces hace la carga más ligera. Sea generosa y deje que lo hagamos de esta forma hasta que podamos encontrar otra mejor.

Así lo hice y, después de agradecérselo de corazón, le di el recado que, al instante, fue aceptado.

—Veré a la pobre chica, por supuesto que lo haré; ahora puedo mirarla a la cara, y nada me agradaría más ahora que visitar a mi pequeña, si ella puede soportar mi presencia.

Subí con él llevando mis regalos, pues pensé que a Elinor le gustaría y le divertiría hablar sobre ellos conmigo. El encuentro entre padre e hija fue muy tranquilo; durante una hora se sentaron a charlar juntos alegremente, pero ninguno mencionó a la señora Carruth. Pensé que Elinor la mandaría llamar, la perdonaría y comenzaría el año sin nada que arruinase la armonía familiar. La pobre mujer nos había seguido con ojos suplicantes cuando la dejamos, y yo le había susurrado al oído que trataría de suavizar los sentimientos de la chica hacia ella.

—¿No hay nadie más a quien te gustaría ver, querida? —le pregunté, cuando su padre se hubo ido tras despedirse con un cariñoso: «adiós, hasta mañana».

Ella me entendió, pero me contestó cuidadosamente mientras volvía la cabeza:

—Sí, Kate, pero no ahora. Hoy es un día para perdonar, al igual que nosotros seremos perdonados, y quiero hacerlo antes de irme a dormir. Deje que descanse ahora y que me prepare para ver a mamá. Cante un poco, alguno de los hermosos himnos antiguos que la hacen a una sentirse consagrada y feliz.

Canté con el corazón alegre y, cuando terminé, ella puso su mejilla junto a la mía y me susurró:

—Usted ha sido para mí lo que David fue para Saúl. No tengo palabras suficientemente cálidas para agradecérselo, pero sé que le agradará mucho hacer una cosa más por mí, así que salude a mamá de mi parte y dígale que, cuando me encuentre tranquila por la noche, deseo que suba y me ayude a dormir con esas viejas canciones de cuna que ella solía cantarme cuando yo era una niña feliz.

Ninguno de los regalos de aquel día fue tan valioso para mí como el privilegio de llevar este mensaje de amor de una hija a su madre. No es necesario que cuente cómo lo recibió la señora Carruth. Ella habría subido al instante, pero yo le aconsejé que esperara a que Elinor la llamara y, mientras tanto, se preparara para enfrentarse a madame y a Steele. Esperamos reunidos en la sala de estar, con el documento preparado, y con Marie cerca, para que pudiera intervenir si era necesario. Cuando el reloj dio las ocho, Steele entró en solitario. Lo hizo tranquilo y con aire grave, pero sus ojos brillaban y en su rostro había una pálida emoción que no podía ocultar. Se detuvo un instante en el umbral, echó un vistazo en torno a la habitación, vio que todos estábamos allí, sonrió, como si estuviera satisfecho y, cuando se acercó a su padre, dijo:

—Feliz Año Nuevo, amigos, y que sean muchos más.

Nadie respondió a su declaración y la señora Carruth, en su tono más arrogante, le preguntó secamente:

—¿Dónde está madame?

Un gesto de dolor cruzó la cara de Steele, pero aun así, en ese nuevo tono, mezcla de humildad y felicidad, contestó:

—Madame no les molestará más y, al perderla a ella, he perdido a mi única amiga.

—¡Perdida! ¿Está muerta, Robert? —gritó la señora Carruth con sorpresa.

—No. Nos hemos alejado. Durante treinta años nos hemos amado mutuamente a través de muchas vicisitudes, pero un sencillo acto de desobediencia por mi parte nos ha separado para siempre y, aunque es grande mi pérdida, no me arrepiento.

—¿Qué los ha separado? —preguntó el señor Carruth.

—He venido a decírselo, padre.

Una expresión dulce y valiente irrumpió en el rostro de Steele mientras hablaba; luego, fijando sus ojos en mí, se puso de pie resueltamente y confesó todo el mal que les había hecho; no mencionó a la mujer que había ideado el complot y, generosamente, asumió el pecado y se atribuyó toda la culpa. No puedo decir cómo recibieron esto los demás; a mí me abrumó, pues no pensaba que hubiera tanta virtud y coraje en aquel hombre, ni había soñado con que su amor fuera tan fuerte como para hacer un sacrificio así. Escuché sin aliento, retenida por el constante fuego de los ojos que seguían fijos sobre mí y conmovida por la sincera confesión que con tanta severidad lo señalaba a él y que con tanta compasión exculpaba a la otra persona. Cuando todo estuvo dicho y él no parecía esperar otra respuesta que la mía, pasando en un repentino cambio de la amarga inculpación a un cariñoso ruego, con humildad, pero esperanzado, dijo:

—Ahora, Kate, ahora sí merezco un poco más el respeto de una mujer buena, pues soy «pobre y honesto, y no rico y vil». Esto es obra suya; ¿la continuará y me ayudará a ser digno de usted?

¿Qué podía contestar? Las palabras me abandonaron y me cubrí la cara deseando deshacer el trabajo del día anterior. Durante varios minutos no hice caso a lo que siguió, aunque el sonido de muchas voces llenaba mis oídos. Al poco, me calmé y escuché al señor Carruth decirle a su hijo que la confesión llegaba demasiado tarde, ya que todo se sabía ya y el testimonio de la anciana estaba a buen recaudo. Vino entonces una reprimenda paternal, pero Steele la interrumpió y dijo con tono exigente:

—¿Quién descubrió esto?

—La señorita Snow.

—¡Es imposible! —Comenzó a decir indignado él, pero la señora Carruth retomó la historia y contó el papel que yo había jugado en la historia. Ella era una mujer orgullosa; él la había hecho sufrir profundamente, y ella no pudo pues resistirse a la oportunidad de infligirle a él una herida tan profunda como la que había recibido de él.

Como si estuviera impaciente por concederme un honor, ella repitió breve, pero fielmente, cada uno de mis actos, convirtiéndome en la figura principal de la trama que había acabado con la derrota de Steele. Mientras yo escuchaba, aunque todo había sido por una causa justa y generosa, mi doble juego me pareció muy vulgar después de aquella sincera confesión que tanto esfuerzo le había costado a su autor. A él todo eso debió de parecerle la mayor de las traiciones y, mientras yo veía cómo un espíritu apenado se despertaba y se revolvía dentro de él, sentí que mi poder de hacer el bien se había perdido para siempre con este hombre. Cuando la señora Carruth hubo terminado su relato, él se giró hacia mí, apartó las manos de mi cara y, sujetándolas suavemente, me preguntó en un tono tranquilo de pasión contenida, más terrible para mí que cualquier feroz denuncia:

—¿Es todo eso cierto?

—Sí.

—¿Todo lo de ayer fue pues una farsa? ¿No significaban nada sus caprichos, su amabilidad, su sonrojo y sus cariñosas sonrisas? ¿Me estuvo engañando hasta el último momento?

Yo no dije nada; lleno de ira, con una mirada de desesperación, puso mis manos en la suya y con la otra levantó mi cabeza, buscó mi rostro y, en un tono inquisitivo y con voz muy fuerte, dijo:

—Míreme, Kate; ¡tengo que saber la verdad! Su violencia apaciguó mi agitación; la conciencia de que había hecho todo lo posible para evitar una gran injusticia me dio fuerzas; levanté la mirada, clara y firme ahora, y mi voz sonó sin miedo y llena de compasión:

—Tendrá usted la verdad. Lo engañé durante un día, para que estas personas pudieran obtener los medios de recuperar sus derechos. La casualidad puso este poder en mis manos y yo lo utilicé libremente. Si hubiera sido usted más amable con la pobre Marie, ella nunca lo habría traicionado; usted solo cosecha lo que ha sembrado. Usted me desafió a que fuera más astuta que usted; me dio lecciones de hipocresía y todos los alicientes para derrotarlo con sus propias armas. Yo las detesto, pero ningunas otras habrían servido, y yo las usé a sabiendas, aunque al hacerlo herí mi propia dignidad. ¿Está usted satisfecho?

Mientras hablaba, todas las emociones pasaron por su rostro… Permanecían el dolor, el reproche y el amor imposible. El dolor de la desesperanza se reflejaba en él, pues ni el frío de la separación en su mano, que todavía sujetaba la mía, ni ningún lamento podrían haberme hecho tanto daño en el corazón como el amargo desdén y la melancolía de sus palabras:

—¿Y esta es la mujer cuya virtud y honor yo tanto honraba? ¿La que era mi ángel bueno y estaba resuelta a salvarme y a hacer más fácil el arrepentimiento gracias al amor? Bonita ilusión… Lástima que terminara tan pronto. Habría sido mejor si me hubiese quedado con mi pecadora compañera, que hubiésemos llevado a cabo nuestro plan y que hubiésemos sido felices, pues el dinero todo lo compra, ¡incluso la verdad de Kate Snow!

Al decir estas últimas palabras soltó mi mano y, dándose la vuelta, se apoyó sobre la chimenea, como si hubiese querido esconder alguna emoción rebelde que lo gobernase en el aquel momento.

Siguió un largo silencio; todos deseábamos hablar, pero nadie sabía cómo expresar consuelo o reprobación.

Harry, siempre generoso, fue el primero en perdonar al acusado, a pesar de todo lo que había sufrido. Se levantó, a pesar de su debilidad, fue hasta el pobre infeliz y, poniendo una mano sobre su hombro, le dijo sinceramente:

—Robert, no olvido que somos hermanos y, aunque una vez eso hizo que me fuera muy difícil soportar tu crueldad, ahora hace que me sea más fácil perdonarte. Lo hago de corazón y, si lo conozco, Augustine hará lo mismo.

Este último no lo dijo, pues el antiguo temor seguía ahí, pero se acercó con un aire templado y conciliador.

—Aquí está mi mano, hermano; no seamos ya enemigos.

Steele no se movió ni habló. La señora Carruth, conmovida por su silencioso desconsuelo, transigió y, como mujer, trató de curar las heridas que había causado.

—Esta confesión te honra, y yo no seré la última en darte las gracias por ello, por mucho daño que nos hayas hecho a mí y a los míos. Los dos hemos pecado y sufrido por nuestro orgullo y ambición. Dejemos que el perdón mutuo y la humildad hagan de nuestro futuro algo mejor que nuestro pasado. Tú habrías apartado de mí a mi marido, pero yo no te separaré de tu padre.

La figura inmóvil seguía con la cabeza inclinada sin decir una palabra. El anciano habló con más indulgencia de la que yo esperaba.

—Ella tiene razón; repararé mi antigua negligencia, pues eres mi hijo, y por eso mismo te reconoceré, te perdonaré y guardaré silencio por tu bien. No sufrirás por nada ni habrá reproches, Robert; toma tu lugar entre nosotros si lo deseas y, aunque esta joven no puede amarte, los lazos que nos unen harán posible que te consolemos con el natural afecto de padres, hermanos y hermanas. Hijo mío, perdóname, igual que yo te perdono.

Entonces Steele levantó la mirada, ajeno a cualquier llamamiento, insensible a cualquier emoción; el diablo que lo acechaba quedó delatado por su rostro enseguida. Toda la noble calidez y dulzura habían desaparecido de él; solo quedaban el orgullo, la amargura y su indomable voluntad, que le daban a su refinada expresión la belleza entre severa y desdeñosa con que los artistas retratan a los ángeles caídos.

Se volvió hacia el grupo que se había acercado a él y, con una mirada que los hizo retroceder, dijo:

—No aceptaré nada. Usted, señor, nunca ha sido un padre para mí… Yo nunca seré un hijo para usted. No oculte nada por mi bien, pues al traicionarme, se traiciona usted ante el mundo, cuyo reproche yo desafío. Su sufrimiento, madame, ha vengado el perjuicio de mi madre, y estoy satisfecho con ello. A mis hermanos les dejo el apellido que he deshonrado, la fortuna que ya no codicio y la horrible herencia que les aguarda. A usted… —En ese momento su voz se quebró, pero superó el estremecimiento con valor y, despacio, mientras me buscaba con una mirada a la que yo no podía enfrentarme, dijo—: A usted le dejo el recuerdo de esta cruel traición, que, no solo quitó todo valor a tan dura confesión, sino que me arrebata la única esperanza de mi vida. Usted ha destrozado mi fe en la verdad, mi deseo de virtud, mi capacidad de amar la nobleza, y ha devuelto al mundo a un hombre desesperado. Que Dios la perdone… ¡Yo nunca podré hacerlo!

Y con estas duras palabras, se fue.

Una extraña sensación de alivio se apoderó de mí cuando se marchó, aunque estaba entreverada de inquietud, pues, aunque el genio malvado de la casa había desaparecido, había dejado tras de sí su maligna influencia, y todos nosotros la sentíamos. Durante un rato hablamos con agitación, preguntándonos cómo se habría impuesto a madame, y qué sería de él con ese ánimo tan temerario del que había hecho gala; luego, contentos por apartar aquel mal presentimiento que nos oprimía, hablamos de la paz que nos aguardaba, y tratamos de disfrutarla.

La señora Carruth me rogó que fuera a ver si Elinor estaba lista, pues el tiempo había transcurrido sin darnos cuenta y ella anhelaba el momento que pondría fin a un año de triste separación.

Subí, sintiéndome enferma y cansada, y encontré a Elinor ya en la cama. Parecía dormida, y apenada yo por la decepción de su madre, me quedé de pie un momento esperando a que se incorporara. No fue así, y estaba yo a punto de marcharme cuando, mientras ordenaba su ropa, algo cayó a mis pies: una pequeña navaja con la empuñadura de nácar que era mía… Un escalofrío de terror me atravesó, pues la navaja estaba abierta y, cuando la recogí, una mancha roja cayó sobre mi mano. Elinor tenía la cabeza vuelta y, al inclinarme más cerca, me estremecí al ver lo pálida que parecía a la luz de la oscura habitación. Escuché junto a sus labios, y tan solo un ligero aliento salía de ellos. Giré su cabeza y solté un grito de espanto, pues tenía una pequeña herida en el cuello, por la cual seguía manando sangre, a pesar de que las almohadas ya estaban teñidas de aquel espantoso color. Como en un relámpago, el significado de todo aquello se me hizo evidente: la cariñosa despedida de su padre y hermanos, su deseo de estar en paz con todos, el deseo de volver a ver a su madre y la trágica muerte que había elegido en lugar de continuar con la trágica vida que la aguardaba.

Mis fuerzas ya habían sido agotadas al máximo… La conmoción de este descubrimiento fue demasiado para mí y, al llamar a Hannah, me desmayé por primera vez en mi vida.

Cuando me desperté, la habitación parecía estar llena de gente. Ante mis ojos pasaban rostros golpeados por el horror y, a mi alrededor, voces rotas susurraban: «No hay esperanza… Es demasiado tarde para salvarla». «Ya casi se ha ido». «Es mejor así, por triste que parezca».

Cuando me incorporé, vi una imagen alrededor de la cama que me hizo desear estar inconsciente de nuevo.

Elinor estaba en los brazos de su padre, exhalando su vida poco a poco, pues, aunque la herida mortal ya estaba contenida y se había intentado todo cuanto el amor y la habilidad eran capaces de hacer para salvarla, la pequeña navaja en aquella mano decidida había cumplido su tarea y este mundo ya no albergaba sufrimientos para ella.

Harry estaba de rodillas junto a Elinor, tratando de reprimir su dolor. Augustine rezaba en voz alta, y el devoto fervor de sus palabras calmaba y consolaba todos los corazones, salvo uno. A los pies de la cama, medio escondida tras los oscuros cortinajes, estaba la destrozada madre, como si el golpe la hubiese atravesado y temiera mostrarse, no fuera a ser que su presencia arruinase la paz de la despedida del alma de su hija. El doctor Shirley estaba de pie cerca de mí, sollozando como un niño, pues el amable anciano había amado y servido a la pobre chica con tanta dedicación como si hubiera sido una hija suya.

—¿No puede usted salvarla? —le susurré, mientras la entrecortada oración del sacerdote terminaba y el sonido de los llantos inundaba la habitación.

—No; por fin está en paz, gracias a Dios.

No pude sino asentir pues la bendita tranquilidad en el rostro de la chica era mayor de la que ninguna alegría de este mundo pudiera haberle traído, y, cuando miré sus ojos, todavía abiertos y hermosamente claros antes de que el velo de la muerte los cerrase para siempre, vi que estos iban de rostro en rostro, como si buscaran a alguien, y sus labios se movieron en un vano esfuerzo por hablar.

—La busca a usted… Ella ya ha preguntado por usted… Vaya querida —dijo el doctor Shirley, y yo fui.

Ella me miró con amor y gratitud cuando yo la besé en la fría frente, pero aquellos grandes y nostálgicos ojos buscaban por la habitación y, con un deseo que hizo superar la debilidad mortal del cuerpo, de su corazón surgió un dulce lamento:

—Mi madre… ¡Quiero ver a mi madre!

No hubo necesidad de repetir la llamada. A la primera palabra, la madre se levantó y, sujetando a su hija en los brazos, la estrechó junto a ella hasta mucho después de que la muerte hubiese sellado las mudas oraciones de perdón que recorrieron aquellos dos corazones reunidos de nuevo, dejando que uno expiara un gran pecado con una gran pena, y que el otro sintiera, con su último latido, la belleza de la misericordia.

Incluso cuando por fin la muchacha se apagó, la señora Carruth no dejaba que nadie tocase a su pequeña, salvo a mí, y juntas la preparamos para la tumba, llorando mientras trabajábamos con delicadeza, y rezando oraciones que santificaban nuestro dolor.

Estaba tan hermosa cuando terminamos que a primera hora del alba llamamos a su padre y hermanos para que atesorasen el recuerdo de la indescriptible dulzura que acariciaba su tranquilo rostro. Tenía sus flores favoritas alrededor, y las rosas blancas del pobre Edward sobre su pecho, y, cuando los primeros rayos del sol comenzaron a bañarla con su brillo rojizo y a tocar sus labios, nosotros sonreímos y sentimos que el Año Nuevo de Elinor había comenzado felizmente en el cielo.

VIII

EXPIACIÓN

Han pasado años desde aquella triste noche y muchos cambios se han producido. Yo ahora soy una mujer mayor, todavía soltera, pero ni pobre ni solitaria, pues los Carruth me dieron un hogar y amigos. El hecho de verme asociada de forma tan curiosa a las secretas aflicciones de la familia tejió una especie de lazo entre nosotros, y ellos me aceptaron como una más de los suyos. Me alegré de quedarme, pues los quería a todos y, cuando Amy murió, al segundo año de matrimonio, sin dejar hijos que heredaran la maldición, me convertí en la hija de la familia. Durante algunos años, la señora Carruth se consagró a su marido y, cuando él se fue, ella no le sobrevivió mucho tiempo. Sin embargo, su dolor había sometido su orgullo y ennoblecido su carácter. La lloré como a una madre. En su lecho de muerte, me encargó que fuera una hermana para sus hijos, yo se lo prometí y, durante todos estos años, he mantenido fielmente mi palabra.

La muerte de Elinor provocó un gran cambio en Harry, que desarrolló un sorprendente carácter. Se fue al extranjero durante varios años y, cuando sus padres murieron, regresó a casa para consolar a Augustine, quien había sido un buen hijo entregado hasta el final. Para sorpresa mía, Harry había diseñado un plan de vida, lo había ejecutado y nunca se había apartado de él. A pesar de su fortuna y de las tentaciones que esta le ofrecían para satisfacer placer y ambición, Harry se hizo médico, estudió con paciencia y trabajó con denuedo y, ahora, en su plenitud, se ha ganado una reputación de la que puede estar muy orgulloso. Ningún signo de locura hereditaria ha aparecido jamás en él desde que se dedicó a una profesión activa y absorbente y, por la ley de la compensación, parece estar dotado de una maravillosa percepción para los misterios de las enfermedades mentales, posee una rara habilidad para el tratamiento de estas y la gente acude de todas partes al doctor Carruth en busca de experiencia, paciencia y una casi sensibilidad femenina que hace que su ayuda sea doblemente bienvenida.

Su valiente ejemplo despertó el espíritu de emulación en la naturaleza más débil de Augustine y, mientras el hermano pequeño ayudaba a los cuerpos y las mentes enfermas, él trabajaba por las almas perdidas o atormentadas con el devoto fervor de los sacerdotes de antaño. Nunca será grande, pero sí lo querrán mucho, pues muchos son los que bendicen al hombre tímido que con tanto cuidado consuela la amargura, compadece la debilidad, perdona los pecados y con tanta belleza mezcla la caridad humana con las creencias divinas; los protestantes lo respetan con genuina devoción, y los católicos lo canonizarán como un santo. Ninguno de los dos puede casarse, puesto que Harry ha hecho voto de celibato tan vinculante como el de su hermano y, aunque ambos han renunciado a la delicia de ver a esposas e hijos junto a la chimenea, no están solos, pues hay una mujer que los ama y los honra tanto por esto, que dedica su vida a que tengan un hogar feliz. No hay duda de que yo obtengo mi recompensa cuando me llaman su rayo de sol, me cuentan todos sus planes, preocupaciones y alegrías, y vienen a mí en busca de consuelo cuando sus corazones claman por el amor al que todo el mundo tiene derecho, excepto cuando la moral se opone a la pasión. Al recordar lo que había pasado y lo que podría haber pasado, muchos pensarían que en nuestra casa reinaba la tristeza, pero no hay tres almas que vivan más felices que nosotros; no es que estemos alegres, pero siempre estamos de buen humor, siempre ocupados, cada uno a su manera, y ningunos hermanos podrían quererse más que ellos dos, ni ninguna hermana podría estar más orgullosa de lo que yo lo estoy de estos dos hombres nobles, útiles y serios, cuyas vidas transcurren junto a la mía.

Del destino de Steele no supimos nada durante mucho tiempo. Madame regresó a Francia sin reconciliarse con él. Marie, con el tiempo, se olvidó de su primer amor e hizo feliz a un hombre mejor y más humilde. Robert permaneció en su exilio voluntario. Harry lo vio una vez en el extranjero; jugaba y apostaba temerariamente y ganaba grandes sumas de dinero con esa extraña suerte que a menudo acompaña a los jugadores atrevidos. Harry se situó donde era imposible que no lo viera, pero Steele no mostró signos de reconocerlo; Harry se dirigió a él por su verdadero nombre, pero Steele le contestó como a un perfecto desconocido.

—Monsieur se confunde, pues mi nombre no es Carruth.

Harry lo llamó hermano, y habría añadido algo más amistoso, pero Steele lo interrumpió y dijo, en un tono marcadamente severo, mientras lo dejaba con una altiva reverencia:

—Monsieur se equivoca de nuevo, yo no tengo hermanos.

Harry realizó algunas averiguaciones sobre él, supo que se hacía pasar por un misántropo inglés que jugaba por placer, montaba buenos caballos y nunca hablaba con mujeres. Harry tuvo que contentarse con esto, pues Steele desapareció y no volvió a verlo. Uno tras otro, los años fueron pasando y sus hermanos empezaron a pensar que había muerto, pero yo nunca perdí la esperanza, pues algo me decía que nos volveríamos a encontrar y, diez años después de que se hubiera marchado, aquello ocurrió.

Yo acompañaba a Harry a menudo cuando él visitaba a pacientes en las ciudades vecinas, pues todavía conservaba mis habilidades como enfermera, y nos gustaba trabajar juntos. En una de esas ocasiones, después de haberlo intentado todo con una pobre mujer que nos había llamado, fuimos a visitar el asilo privado del doctor Maurice, un médico francés de cierto renombre. Con la cortesía propia de su país, el doctor nos mostró el lugar, nos llevó a todas las habitaciones y nos enseñó todos los pacientes, salvo uno. Solo una puerta dejó atrás sin abrir y sin hacer mención alguna sobre su inquilino. Esta omisión despertó mi curiosidad y, cuando los dos hombres se detuvieron para observar el soleado jardín, donde varios maníacos paseaban tranquilos, eché un vistazo a través del postigo medio abierto de aquella puerta cerrada. No vi nada, salvo una mano demacrada que regaba un pequeño florero con brezo; pero la visión de las flores me recordó el pasado tan vivamente que mi rostro me traicionó.

—¿Qué pasa, Kate? ¿Qué te preocupa? —me preguntó Harry cuando me uní a ellos.

—He visto algo que me ha recordado a Steele —respondí.

—¡Pobre Robert! Me gustaría saber dónde buscarlo —dijo Harry con un suspiro.

El doctor Maurice nos miró a los dos de una forma peculiar que ya me había llamado antes la atención, cuando me presentaron como la señorita Snow, y de nuevo cuando Harry me llamó Kate; ahora, el nombre de Steele volvió a provocarle esa expresión, medio ansiosa, medio curiosa, y repitió los nombres como para sí.

—Robert Steele, Kate Snow, Harry Carruth…

Luego, en voz más alta, como si reaccionara, dijo:

—Perdónenme, y permitan que les haga una pregunta o dos. ¿Ustedes desean encontrar a monsieur Steele? ¿Por qué?

—Es mi hermano —contestó Harry con impaciencia, mientras yo, con un terrible presentimiento, grité:

—¡Oh, no nos diga que está aquí!

El doctor Maurice me apartó suavemente a un lado y acercó a Harry hasta la puerta. Abrió el batiente y le dijo que mirase dentro. Harry obedeció, estuvo mirando durante mucho rato y luego se giró con una expresión de pena y decepción, pero a la vez de agradecimiento.

—No es Robert. ¡Gracias a Dios!

—Deje que pruebe mademoiselle; puede que sus ojos sean más sagaces que los suyos. Acérquese y examine a esta infeliz criatura.

Temblando de miedo y de esperanza, miré por la pequeña habitación soleada que resultaba una prisión más triste que la más oscura de las celdas, pues la pobre alma que allí se escondía no había perdido solo la libertad, sino el hecho mismo de vivir la vida. No me sorprende que Harry no reconociera a la sombra de hombre que vio; yo misma dudé al principio, pero las flores, los ojos, la actitud… todo contribuyó a que se activara la memoria, y la mezcla de tristeza y remordimiento que inundó mi corazón me confirmó que sí, que era Steele. Encorvado y débil como un anciano, pálido, con los ojos hundidos, media cara oculta tras una barba descuidada, estaba sentado con su cabeza gris apoyada en las manos, cabizbajo y con la mirada perdida, ajeno a todo lo que lo rodeaba. Parecía una criatura fuerte y salvaje, rota por el cautiverio, y, al observarlo, el recuerdo de su rostro y su figura mientras hacía aquella dura confesión diez años antes regresó a mí, tan vivamente que mis ojos no pudieron seguir mirando, así que me giré y exclamé:

—Sí, es Robert. ¡Deje que vaya con él!

—¡Bien! Irá usted enseguida, mademoiselle; pero ahora, recupérese y deje que le cuente lo que sé de su amigo.

El doctor Maurice nos condujo a una habitación adyacente y, rápidamente, nos refirió los siguientes hechos:

—Hace siete años, monsieur Steele acudió a mí y me pidió que lo recibiera como paciente. Él ya había tenido una crisis de locura en una ocasión, y presentía que pronto tendría otro ataque, pues la locura estaba en su familia. Me dijo que no tenía amigos que se hicieran cargo de él, puso una gran cantidad de dinero en mis manos y me imploró que lo ayudara, si podía. Tenía un fuerte pavor a convertirse en objeto de lástima o de curiosidad para los demás, y me pidió que ocultase su presencia aquí y lo dejara vivir de incógnito. Yo me mostré muy interesado en él, pues es evidente que era un ser que llevaba un camino peligroso y nada, salvo una fuerte voluntad, contenía el sufrimiento mental que lo torturaba. Admití al desgraciado y durante siete años ha sido uno de los casos de locura más terribles y desesperados que he conocido. Durante mucho tiempo, esperé que sus amigos vinieran a reclamarlo, pero, hasta ahora, no ha aparecido nadie. He cumplido con él honestamente, he administrado su dinero y, cuando se agotó, lo mantuve aquí por compasión, pues nunca conocí criatura más desolada.

—¿No hay esperanzas para él? —preguntó Harry, mientras yo dejaba que mis lágrimas cayeran libremente al pensar en la amarga penitencia que el pobre Robert había estado cumpliendo todos esos años.

—Hace seis meses habría contestado que no, pero ahora hay una posibilidad entre cien de que se recupere, aunque me temo que la recuperación de su mente se haga a expensas de su exhausto cuerpo. Últimamente, ha sobrevenido un cambio; la violencia de su enfermedad ha disminuido, y ahora medita en lugar de despotricar, se sienta todo el día inmóvil, en lugar de caminar sin cesar como una pantera enjaulada, y habla con coherencia, aunque acerca de personas y acontecimientos desconocidos para los que lo rodean. Podría provocarse alguna reacción favorable de forma temporal, si no por más tiempo. He probado muchos experimentos, pero todos fracasaron; puede que ustedes consigan ayudarme, si lo desean, pues poseen la clave de su pasado.

—¿Habla de nosotros? —pregunté.

—Sí; el nombre de Kate Snow me es tan familiar que he dado un respingo cuando el doctor Carruth la ha llamado a usted así. Mi paciente habla a veces de Augustine, de Harry, de Elinor y de Amy; pero habla constantemente de Kate, implora que venga, luego la acusa de traidora, luego la desafía a que lo haga sufrir; aunque siempre regresa a la misma llamada, pidiendo por usted. ¿Contestará mademoiselle a la llamada?

—Lo haré.

Entonces, Harry se lo contó todo porque sintió que el buen hombre se merecía nuestra entera confianza a cambio de todos los cuidados que le había prodigado al infeliz al que durante tanto tiempo había protegido.

—Su recuperación depende de usted —dijo el doctor, con una mirada hacia mí—. De usted es la imagen más viva que tiene en su mente, y su influencia será reconfortante, a la vez que tonificadora. Cuando esté usted lo bastante tranquila, entre y vea si él la reconoce. El doctor Carruth y yo estaremos cerca, no tiene usted nada que temer.

Me quité la capa y el sombrero y entré al instante, sintiendo que, si había alguien que podía curar al pobre Robert, esa persona era yo. Entré sin hacer ruido y me coloqué en el amplio rayo de luz que cruzaba el suelo y esperé a que él me viera. Él seguía sentado con la cabeza entre las manos, los ojos fijos en la luz del sol, los labios que se movían rápidamente, como si estuviera hablando en silencio con algún fantasma que solo él hubiese visto.

Mi sombra lo atrajo, y su mirada se cruzó con la mía, pero ningún cambio apareció en el patético sosiego de su rostro. Suspiró, apartó la mirada y dijo, como para sí mismo:

—¡De vuelta tan pronto! ¡Esperaba que me diera algo de descanso antes de regresar!

—¿Me conoce, Robert? —le pregunté suavemente.

—¿Puedo evitarlo, cuando me ha estado persiguiendo durante años? Dice usted que es Kate, pero yo sé que solo es un demonio que me atormenta, tan hermoso y falso como ella, y no la creeré.

—No soy un espíritu, sino Kate en persona. ¿Es esta la mano de un fantasma… el rostro de un fantasma?

Decidida a despertarlo de su ensimismamiento, me puse de rodillas ante él, cogí su mano con la mía e hice que me mirase. Una tenue luz se encendió en sus apenados ojos, una leve sonrisa se dibujó en sus labios y, finalmente, me tocó como para asegurarse de que era real.

—Parece Kate —dijo—. Este es su lindo cabello, estas son sus suaves manos y esa que acabo de oír era su voz.

—La oirá de nuevo si usted quiere, pues he venido a consolarlo, mi querido amigo.

Él se apartó de mí, como si hubiese tocado una nota discordante.

—Ella me llamó amigo y luego me traicionó. No miraré ni escucharé, pues, aunque este es un espíritu hermoso y reconfortante, se irá como todos los demás, ¡dejándome con mi propia miseria!

—Nunca se irá, si usted deja que se quede. ¿Qué debo hacer para que me reconozca y confíe en mí?

—Nada, nunca más volveré a confiar. Kate me engañó, ¡y aquello me rompió el corazón!

—Perdónela. Déjela demostrar que puede ser sincera. ¡Robert! ¡Robert, querido! Soy Kate, de verdad… La antigua Kate que trató de ayudarlo una vez, y lo volverá a hacer, pues ella lo quiere y lo compadece, y desea que la perdone más que ninguna otra cosa en el mundo.

—Eso suena agradable. Dígalo de nuevo: ¡ella lo quiere y lo compadece! ¡Ah!, bueno, ella es una mujer, y puede parecer amable cuando en el fondo es cruel. Una vez la creí… Ahora soy más sabio.

Él me apartó y comenzó a caminar por la habitación sin rumbo fijo, como inquieto, pero no excitado. Miré hacia la puerta, donde seguían Harry y el doctor.

—Va bien, continúe —me susurró este último y, ansiosa por probar mis poderes, comencé a cantar la canción que más le gustaba a Robert.

Él se detuvo al instante, escuchó con aire impaciente, marcó el compás y me miró atentamente. Pero cuando me detuve, él golpeó sus manos con un gesto apasionado y chilló ferozmente:

—¡Cállese! ¿Cómo se atreve a cantar esto aquí y traer de vuelta el único día feliz en el que creí que ella me amaba? Por el amor de Dios, déjeme olvidar, o me volveré loco de nuevo…

Se echó de nuevo sobre su estrecha cama y se quedó allí tumbado con la cara apartada, como tratando de rechazar al fantasma que lo atormentaba. La emoción era mejor que la apatía y, con mucha valentía, puse mis manos sobre su frente caliente, depositando todas mis energías en tratar de calmar aquella mente perturbada.

Pero mis poderes me habían abandonado, y cuando él levantó la mirada con aquellos ojos magníficos pero melancólicos, en los cuales seguía brillando el amor a través de la oscuridad de aquel triste eclipse, solo pude estremecerme y darme la vuelta para derramar lágrimas de arrepentimiento sobre el dolor que yo había ayudado a crear.

Fue lo más sabio que podía haber hecho. Mi debilidad pareció darle fuerzas, mi tristeza emocionó a aquel corazón que yo había conquistado y herido tiempo atrás. Se levantó y fue hacia mí, me acarició el pelo y me miró con tristeza, pues seguía reacio a creer que fuera real.

—Ella derramó lágrimas aquella noche y yo pensé que eran por mí. Ahora ya no me engaño, aunque es agradable tenerla a ella aquí, incluso si me hace sentirme triste. Ella dice que es Kate, ojalá pudiera creerla, pero ella nunca vendrá, nunca sabrá de qué modo mi pecaminoso deseo se volvió contra mí y me trajo hasta aquí. Kate, si es usted real, haga que crea en ello; deje que sienta que de veras me ama y me compadece.

Al hablar, estiró sus brazos hacia mí, con tal mezcla de deseo, incredulidad y cariño en su voz y su mirada que no dudé en liberarlo de la triste ilusión que me impedía ocuparme de él como deseaba hacerlo. Me acerqué hacia él, alegre, y, acercando su demacrada cara hacia la mía, la besé con labios arrepentidos. Él me abrazó con fuerza durante un momento, luego me soltó para mirarme de nuevo con ojos impacientes y ardientes, y exclamó sin aliento:

—Ella nunca hizo eso antes; el fantasma solo repetía sus actos y palabras;

esto es nuevo, esto es real, ¡esta es mi Kate! Oh, quédese conmigo el poco que me queda de vida; la necesito tanto…

—Nunca lo abandonaré, Robert.

Me acercó a él y apoyó su cabeza sobre mi hombro, llorando como un niño perdido que ha encontrado a su madre, y, a través del momentáneo silencio, se oyó la feliz exclamación de Harry:

—¡Gracias a Dios, lo ha salvado!

Así fue, pero solo por un breve lapso de tiempo. Lo llevamos a casa y los tres consagramos nuestras vidas a él. Harry trató de salvar su devastado cuerpo, Augustine, de dar luz a su apenada alma, y yo, de calentar y alegrarle el desolado corazón, que había albergado un amor tan fiel por mí.

El doctor Maurice estaba en lo cierto: al volver la razón desapareció la fortaleza física, y Robert solo volvió a nosotros para morir. Sin embargo, durante esos pocos meses se redimió de su pasado con paciencia, penitencia y un afecto que nos unió a todos. Cuando el final se acercaba, se volvió más noble, y la muerte hizo por él lo que la vida no había conseguido, y nos mostró destellos de la hermosa naturaleza que el abandono, la injusticia y la tentación no habían echado a perder por completo. Su largo sufrimiento hizo expiar su antigua falsedad y le enseñó que el pecado se cobra su propia retribución y que Dios templa justicia infinita con piedad infinita.

En el silencio de una noche de verano le llegó la hora, y la recibió resuelta y felizmente, pues, con sus manos sujetas por las de sus hermanos y la cabeza sobre una almohada apoyada en el pecho de la mujer a la que amó, se marchó con sus oraciones hacia el reino de las sombras, dejando a tres seres que lloraban por él y un corazón que lo recordaría mucho después de que se hubiese cerrado la última tumba de los Carruth.